MODERN FANTASY STORY

텀블러 현대판타지 장편소설

투자의 귀신 제3권

초판 1쇄 인쇄일 | 2025년 04월 23일
초판 1쇄 발행일 | 2025년 04월 30일

지은이 | 텀블러
발행인 | 조승진

편집기획팀 | 이기일, 김정환
출판제작팀 | 이상민

펴낸곳 | 데이즈엔터(주)
주소 | (07551) 서울, 강서구 양천로 570, NH서울축산농협 NH서울타워 19층(등촌동)
전화 | 02-2013-5665(ft) | **FAX** 032-3479-9872
등록번호 | 제 2023-000050호
홈페이지 | www.daysenter.com
E-mail | alldays1@daysenter.com

ⓒ 2025, 텀블러

이 책은 데이즈엔터(주)가 작가와의 계약에 따라 발행한 것이므로
본사의 서면 동의 없이는 어떠한 방법으로도 이용할 수 없습니다.

ISBN 979-11-427-0754-4
ISBN 979-11-7309-573-3 (세트)

※잘못된 책은 본사나 구입처에서 교환하여 드립니다.
※저자와의 합의하에 인지를 붙이지 않습니다.

※ 본 작품은 픽션입니다.
본 작품에 등장하는 인물, 단체, 지명, 국명, 사건 등은 실존과는 일절 관계가 없습니다.

투자의 귀신

제1장 세컨더리	009
제2장 협조 아니면 죽음인데요?	035
제3장 요건	061
제4장 하드코어	089
제5장 두드리면 열리리라!	115
제6장 귀신에게서 배우는 노련함	143
제7장 50억의 기적	171
제8장 제안	197
제9장 물랑루즈	225
제10장 동화해운	253
제11장 제보전화	281
제12장 투자제안	309

회사 업무를 마치고 자리에서 일어서려는데 메시지가 왔다.
딩동!
한결은 스마트폰을 들어 메시지를 확인했다.

[AIB 제임스 스와든 : 안성중공업의 인수가 마무리되었습니다. 회사등기는 우편으로 보내 드리겠습니다]

'진짜로 됐네?'
-어려울 거 없다니까? 손발 없어도 굴러가는 게 투자시장이라고 몇 번을 말하니.
감회가 새롭다.

태어나 처음으로 받아 볼 회사등기를 마주할 생각에 설레기까지 한다.

자리에서 일어선 한결이 회사를 나서려는데 팀원들이 맥주 한잔하자고 붙잡았다.

"팀장님, 생맥 한잔하시죠!"

"아, 오늘은 내가 좀 바쁜데……."

"어… 그럼 어쩔 수 없죠! 다음에는 꼭 같이 가 주십시오!"

"하하, 그럴게요."

서류가방을 챙겨서 회사를 나서자 이명선 부팀장이 옆으로 스윽 다가왔다.

"저도 바빠서 가 봐야 할 것 같습니다."

"그래요? 그럼 지하철까지 같이 갑시다."

아마 선배 두 명이 있는 자리에 부팀장으로 끼기는 부담스러운 모양이었다.

이명선 부팀장과 함께 회사를 나와 지하철까지 걸어가는 동안 한결은 업무에 대한 얘기를 했다.

"프로젝트는 좀 어때요? 수월해요?"

"음… 일단 협력이 안 되는 부서는 건너뛰고 나름대로 힘내 보고 있기는 합니다."

역시 굴러온 돌은 뭘 하든지 힘들기 마련이다.

하지만 한결이나 이명선은 절대 포기하지 않는다.

"아참, 팀장님, 얘기 들으셨습니까? GL전자에서 이번에 우리 회사로 아시아 지역 물류사업자 선정 입찰공고문을 보내왔다는데 말입니다."

"GL에서요?"

"제가 오전에 듣기론 입찰규모가 거의 6천억 이상이라고 하더군요."

"그 정도면 물류 파트너를 구한다는 뜻 아닌가요? GL그룹은 이미 종합상사가 산하에 있는 것으로 아는데?"

"그렇긴 합니다만, 아무래도 지금의 물류역량으로는 커버하기가 버거운 모양입니다. 브릭스 시장 진출설이 있다는 얘기를 들었는데, 그 때문인 것 같기도 하고요."

아무리 덩치가 큰 회사도 물류체화가 한번 시작되면 걷잡을 수 없기 마련이다. 그래서 어지간한 대기업들도 상당량을 하도급으로 처리할 수밖에 없다.

아마도 지금 GL그룹이 딱 그런 문제에 봉착한 모양이었다.

"좋은 타이밍이긴 하네요. 상부에서는 뭐래요?"

"아직 이렇다 할 말은 없는 것 같습니다."

"음…… 우리가 잡기만 하면 대박이긴 한데……."

"그것 말고도 요즘 시장에 좋은 제안이 많이 들어오는 것 같았습니다. 인도 쪽에서도 꽤 괜찮은 제안이 있는 것 같았고요."

"인도… 음! 인도도 요즘 핫하죠. 브릭스 시장에서 가장 많은 인구를 보유하기도 했고요."

"인프라 개발사업에 참여한다는 얘기도 있기는 한데 아직은 확실한 청사진은 없다고 하더라고요."

이명선은 최근 발에 땀이 나도록 뛰어다니면서 여기저기에서 정보를 물어 왔다. 특히나 브릭스 시장에 대한 것이라면 사소한 것 하나까지도 놓치지 않으려 최대한 노력했다.

-책임감이 투철하네.

'내가 말했잖아요, 다른 건 몰라도 인복은 있다고.'

-인복이 제일 중요하지. 특히 비즈니스맨에게는 특히나 더.

IX홀딩스로 키우기까지 이명선은 한결의 든든한 아군이었다.

첫 만남이 어땠든 간에 이제는 진정한 의미의 동료가 된 것이다.

"요즘 좀 힘든 시기인데, 앞으로는 점점 좋아질 겁니다. 그러니 조금만 더 힘내자고요."

"저희들이야 팀장님을 믿으니 힘들 것도 없습니다."

조만간 한결은 조금 더 나은 근무환경을 만들어 봐야겠다는 생각을 해 본다.

§ § §

1층 편의점에 맡겨 놓았다던 등기를 찾았다.

집으로 돌아와 등기를 열어 본 한결은 다소 감격스러운

표정이 되었다.

"…내 소유의 회사가 생기다니."

-회사… 가 맞기는 하지. 물론 등기뿐인 회사이지만.

이제 안성중공업은 한결 소유의 첫 번째 회사가 되었다.

한결은 등기를 잘 받았다는 메시지를 보냈다.

그러자 곧바로 답장이 왔다.

[AIB 제임스 스와든 : 인수합병이 마무리되면서 그동안 법원경매장 구석에 처박혀 있던 안성중공업의 경영 관련 서류들이 인수합병 당사자에게 발송될 예정입니다. 어디로 보내 드리면 될까요?]

"답장 겁나 빠르네?"

-그만큼 투자귀신의 이름발이 잘 먹혔다는 얘기겠지?

"그나저나 저 서류라는 걸 어디로 받으면 좋을까요?"

-개인 스토리지로 받으면 되겠네.

"아! 요즘은 셀프 스토리지도 많으니까요?"

차상식은 고개를 가로저었다.

-셀프 스토리지도 좋기는 한데 기왕이면 조금 더 비밀스러운 곳이 낫지 않겠냐?

"음? 셀프 스토리지랑 개인 스토리지가 달라요?"

-네가 말하는 셀프 스토리지는 무인으로 운영되는 개인

보관창고잖아? 내가 말하는 개인 스토리지는 인천이나 평택 같은 항만에 있는 개인 화물보관함을 말하는 거야. 내가 생전에 사 둔 개인 스토리지가 몇 개 있거든? 우리로선 인천이 제일 편하니까 인천에서 받자.

"우와! 무슨 영화에서 본 장면 같아!"

─크크, 한번 봐라. 영화랑 현실은 많이 다르다는 걸 실감하게 될 거다.

"뭐, 아무튼 간에 주소나 좀 알려 줘요."

한결은 차상식이 알려 준 주소를 제임스 스와든에게 보내 주었다.

[AIB 제임스 스와든 : 네, 알겠습니다. 위 주소로 보내 드리도록 하겠습니다.]

[나 : 고생 많으셨습니다]

[AIB 제임스 스와든 : 그럼 다음 작품 기대하고 있겠습니다]

"오호… 작품이라……. 제임스 스와든은 생각보다 낭만적인 사람인가 본데요?"

─하긴 내 작품이 좀 쩔기는 하지.

"으휴! 자뻑만 안 하면 참 멋질 텐데."

─자뻑이 아니라 자기객관화! 객관화 몰라?

"아저씨, 국어 시간에 졸았죠? 객관화는… 어휴!"

-크크크!

넌덜머리가 난다는 듯, 고개를 가로저은 한결은 곧바로 다시 투자에 집중하기 시작한다.

"그나저나 이제부터는 어떻게 해야 해요? ISA에 다시 특허를 사 달라고 부탁할 수도 없잖아요."

-에이, 인마! 그건 너무 모양 빠지잖냐! 특허권이든 뭐든 세컨더리로 거래하면 비싸게 팔 수 있을 거야.

"사모펀드끼리 경영권을 매각하는 그거요?"

세컨더리(Secondary Market)는 PEF(사모펀드)가 투자 대상을 다른 사모펀드에 매각하는 형식의 시장이다.

회사 자체를 매각할 수도 있고 펀드의 지분을 매각할 수도 있기 때문에 유동성 확보에 상당한 편리함을 제공하게 된다.

-오늘부터는 세컨더리 시장에서 투자공부를 시작할 거다. 지금까지와는 조금 다른 커리큘럼이 될 거고 판도 더 커질 거야. 무척이나 판타스틱하고 제법 재미가 괜찮을걸?

"오! 세컨더리! 이제야 뭔가 사업가 같은 느낌이 드는데요?"

-우선은 세컨더리를 통해 이 바닥에서 유명한 엔젤투자자가 되는 게 첫 번째 목표고, 스타캣 인베스트먼트라는 벤처캐피털 회사를 세우는 것이 그다음 목표이고.

"그런데 세컨더리면 PEF 대 PEF의 거래잖아요? 우리는 펀드가 아닌데요?"

-그래서 세컨더리 펀드라는 게 있는 거야. 증권사 세컨더리 펀드는 엔젤투자자의 세컨더리도 받아 주거든.

"오호!"

엔젤투자자(Angel Investor)는 기술력은 있되 자금력이 부족한 벤처회사에 자금을 제공해 주고 경영 참여를 통해 이윤을 창출하는 개인투자자를 일컫는다. 일종의 개인 벤처캐피털이라고 할 수 있다.

-엔젤투자자는 자격요건만 갖추면 국가에서 엄청나게 밀어줘. 왜냐? 요즘에는 기관들이 벤처캐피털을 잘 안 하려고 하거든.

"자본회수기간이 엄청 길어서요?"

-그렇지. 유동성 결여가 걱정되는데, 굳이 벤처캐피털까지 건드려야 하냐 이거야.

"음!"

-아무튼, 투자귀신의 명의에는 엔젤 투자 자격이 있어. 갱신기간이 3년인가? 그래서 이미 만료되기는 했을 텐데, 갱신하는 건 어렵지 않으니까 걱정할 필요 없고.

"…엥? 그런 것도 해 놨어요?"

-뭐, 사람이 살다 보니 이런 거 저런 거 다 해 보게 되더라.

"오호!"

역시 산전수전 다 겪어 본 사람은 뭔가 달라도 달랐다.

그 얘기를 듣자마자 한결은 한 가지 아이디어가 번쩍 떠올랐다.

"그럼…… 이참에 우리도 총알이나 조금 더 장전해 볼까요?"

-세컨더리 펀드에 특허라도 팔자고?

"에이, 아니죠! 엔젤투자자의 총알 장전, 뭐 그런 느낌으로다가 부실채권을 좀 정리해 보면 어떨까 하고요."

-큭큭! 맞네, 그게 있었네!

양유진이 한결에게 부실채권을 정리해 달라는 부탁을 한 적이 있었다.

지금이야말로 그 부탁을 아주 맛깔나게 들어줄 때이다.

한결은 양유진에게 문자를 보냈다.

[나 : 시스터! 이번 주말에 시간 괜찮아?]

그러자 곧바로 답장이 왔다.

[여왕벌 1호 : 시간은 괜찮은데, 시스터를 찾는 거면 성당에 가 보든지!]

문자에서 특유의 말투가 묻어 나온다.
"아오…… 벌써부터 만나기 싫어진다."
-큭큭! 왜? 기 빨리고 좋잖아!
한결은 양유진과 주말에 만나기로 약속을 잡았다.

[나 : 오케이, 시스터! 그럼 주말에 보자. 내가 파스타 사 줄게]
[여왕벌 1호 : 나 예쁘게 하고 나갈 테니까 실망시키면 죽어!]

"으아… 벌써 질려!"
-그래도 양유진이 예쁘긴 하잖아?
"몇 번을 말해요? 쟤는 내 스타일 아니라니까."
-아아, 그래! 넌 조금 더 마이너한 감성이었나? 어쩌면 2D의 배구공 가슴을 더 좋아할지도 모르지!
"…성수로 샤워 한번 해 볼래요?"
-큭큭큭! 에이, 그러다가 총각귀신 될까 봐 그러지!
차상식은 틈만 나면 한결을 놀려 댈 궁리만 하는 것처럼 보였다.
"어휴, 못살아! 하여간 그건 그렇고, 엔젤투자자 갱신은 어떻게 하는 건데요?"
-별거 없어. 협회 접속해서 신청서만 보내면 끝!

"엉? 진짜 그게 끝?"

-진짜 끝!

"뭐가 그렇게 쉽대요?"

-내가 좀 오래 활동해서 그래. 기부도 제법 했었고.

"아하!"

한결은 차상식이 알려 준 대로 엔젤투자협회에 접속했다.

[반갑습니다]
[엔젤투자 개인 정회원(GP)]
[상태 : 휴면]
[휴면사유 : 연락두절]
[지난 매칭 요청 : 179건]
[유효 매칭 요청 : 31건]

"휴면만 활성으로 전환하면 된다는 거죠?"

-그렇지.

"그런데 저 매칭이라는 건 뭐예요?"

-아, 저거? 앞으로 네가 나아가야 할 첫 번째 길을 인도하는 이정표라고 할 수 있지.

딩동!

바로 그때, 엔젤투자협회에서 메시지가 도착했다.

[코리아 엔젤스 고영탁 대표 : 투자귀신님, 맞습니까?!]

"고영탁 대표가 누구예요?"
―너, 혹시 대천사라고 들어 봤냐?
"대천사? 미카엘?"
―아니, 인마. 엔젤계의 큰손이라고나 할까?
"아! 저 고영탁 대표가 엔젤투자의 큰손이라고요?"
―그런 셈이지. 아무튼, 답장이나 해 줘. 그럼 알아서 휴면은 활성으로 전환될 거야.
"음… 그럼 말투는 어떻게 해요?"
―그냥 하고 싶은 대로 해. 저 사람은 그런 거 신경 쓰지도 않을 거야.
"엥? 어째서요?"
―투자귀신이라는 타이틀, 아무나 건드릴 수 있는 게 아니라고 생각할 테니까.
"오? 쫴금 멋졌음?"
―새꺄, 얼른 답장이나 하라니까?
한결은 키득거리며 답장을 보냈다.

[엔젤 GP 투자귀신 : 활동 시작하려 합니다]
[코리아 엔젤스 고영탁 대표 : 기다렸습니다, GP님!]

§ § §

한결은 정시보다 30분 일찍 출근도장을 찍었다.
"팀장님, 오늘도 일찍 나오셨네요?"
"원래 일찍 일어나는 새가 벌레를 먹는 법 아닙니까?"
한결에게 회사는 사냥터다. IX홀딩스는 그에게 정보라는 먹잇감을 주는 곳이다.
한결이 프로젝트 하나에도 소홀히 하지 않는 이유는 바로 그 때문이었다.
이명선 부팀장이 보고서 한 권을 제출했다.

[미국 소비자지출 연계 보고서]

"브릭스 프로젝트 관련 자료입니다."
"출처가 어디죠?"
"우리 회사와 거래처들의 데이터베이스를 기반으로 해서 미국 쪽 정보를 함께 취합해 봤습니다."
가만히 있어도 알아서 양질의 보고서가 올라온다.
정보가 생명인 투자자에게 이런 보고서는 그야말로 금맥이나 다름이 없다.
-이건 뭐, 월급을 받을 게 아니라 보고서 값을 치러야 하는 거 아니냐?

세컨더리 23

'그 이상으로 회사에 공헌하니 원원이라고 해야겠죠.'

한결은 날카로운 눈으로 보고서를 정독해 나갔다.

보고서에는 IX홀딩스의 자회사들이 최근 매출상승을 경험 중인데, 그 이유가 소비자지출의 상승 때문이라고 나와 있었다.

"소비자지출이 늘었다······. 아시아의 생산지수와는 연동이 어떻습니까?"

"원래 이런 경우가 별로 없는데, 아시아 쪽 생산지수와는 정비례하지는 않는 것으로 보입니다."

흔히 말하는 채찍효과에 의한다면, 미국에서의 소비지출이 늘면 생산거점인 아시아의 생산지수가 늘어야 정상이다.

뭔가 문제가 있다는 것이었다.

"아시아 시장으로 몰렸던 자본이 다시 미국으로 썰물처럼 빠져나간 것 때문인가?"

"얼마 전, 시장에서는 투자귀신 매직이라고 부르는 썰물효과가 있었다는데 그 때문이 아닌가 싶기도 하고요."

"···투자귀신 매직?"

"이차전지 효과로 한창 잘나갔었는데 그것이 주가조작이었다는 사실이 밝혀지면서 말이죠."

"어··· 음!"

이차전지의 거품이 빠진 것은 사필귀정(事必歸正)이었

다.

하지만 문제는 그 이후에 발생한 부작용이었다.

'…거품붕괴 후폭풍이 제법 센데요?'

―이래서 주식으로 크게 재미를 보는 건 어렵다는 거야. 변수가 너무 많거든. 게다가 상당히 불안정하기도 하고 말이지.

'아저씨가 바이아웃으로 성장한 이유에 대해서 알 것도 같네요.'

―야, 그래도 투자귀신 후광효과는 확실하지 않냐? 어쨌거나 시장의 흐름이 변하긴 했잖아.

'뭐… 그야 그렇긴 하죠?'

좋은 경험을 하긴 했어도 투자귀신의 원맨쇼 덕분에 시장의 흐름이 크게 바뀐 것이 문제였다.

하지만 이것은 대세의 흐름에 비한다면 그저 작은 변화에 불과했다.

"최근 미국 쪽에서 워낙 급하게 관세장벽을 치다 보니 여기저기서 역효과가 나고 있는 모양입니다. 인플레이션 격화에도 한몫하는 것 같고요."

"…곡물가격 상승 말이죠?"

"요즘 보리가격만 해도 엄청나게 올랐다고 하는데 말입니다."

"이제 이 인플레이션을 이용해서 돈 버는 장사치들이 늘어날 텐데……."
 맥주가격이 10% 상승했다는 것은 실로 엄청난 일이었다. 만약 거기에 기업들이 순익비중을 높이겠다고 눈 딱 감고 상품가격을 올려 버린다면 IX홀딩스에까지 영향을 미칠 것이다.
 "상황이 좋지 않네요."
 "중국의 몰락이 가져온 쇼크라는 말도 있고요."
 한창 중국으로 몰렸던 자금이 빠져나오고 있다.
 대체시장이 구축된다고 해도 그때까지 아시아 전체의 생산지수는 낮을 수밖에는 없다.
 "…뭐, 덕분에 전략을 수정하는 건 어렵지 않게 되었네요."
 "다만, 아직 현지 사정을 완벽하게 분석할 수 있는 보고서가 딱히 올라오지 않는다는 점이 문제이겠지만요."
 "흠……."
 한결은 브릭스 프로젝트를 수정하고자 여러 부서에 자료를 요청해 놨는데 아직도 깜깜무소식이었다.
 상호 협조가 더디니 당연히 프로젝트의 진행도 느릴 수밖에는 없었다.
 '뭔가 해결방안이 없나?'
 -걍 두들겨 패지 그러냐?
 '그러고 싶어도 아직은 명분이 없잖아요, 명분이!'

-열 받기는 하나 보지?

'나도 사람이니까요. 새끼들이 더럽게 협조를 안 하니까 부쩍 킹 받기 시작하네?'

생각에 잠겨 있던 한결이 눈을 돌릴 때였다.

테이블 구석에 보고서들이 쌓여 있는 것이 보였다.

"저건 어디서 온 보고서들인가요?"

"첫 번째 보고서는 자산관리실에서 온 거고, 두 번째 보고서는 무역투자관리 1팀에서… 총 11개 팀에서 보냈습니다."

"그래요? 그런데 이건 왜 보고를 안 했습니까?"

이명선은 백문이 불여일견이라는 듯, 보고서를 한결에게 내밀었다.

"한번 보시죠."

보고서를 읽어 본 한결의 눈이 휘둥그레졌다.

"어? 이게 어느 나라 글씨야?"

"보고서가 올라오긴 했는데 죄다 현지어로 써 놔서 도대체 무슨 소리인지 하나도 알아먹을 수가 없네요."

무려 포르투갈어로 된 원어 보고서였다.

아무리 원어민처럼 포르투갈어를 구사한다고 해도 이 보고서를 정독하고 자료 보충조사를 하려면 일주일도 넘게 걸릴 것이다.

"이 새끼들이 미쳤나?"

"관련 부서들 말로는 현지 협력회사들이 협조를 안 해줘서 이 모양이라는데, 사실은 아무도 모르는 거죠."

한숨이 절로 나온다.

'해보자는 건가?'

-크크, 대놓고 꼬장부리는 거지! 하지만 뭐, 그런 것치곤 보고서 자체는 나쁘지 않네. 브라질 시장에 대한 이해도 꽤 높은 편이고.

'어? 아저씨가 그걸 어떻게 알아요?'

-어떻게 알긴, 포르투갈어를 할 줄 아니까 그렇지.

'와! 아저씨는 진짜 못 하는 게 뭐예요?'

-못 하는 거? 불로장생(不老長生)? 인마, 내 짬이 얼마인데 이 정도도 못 할까?

'짬이랑 포르투갈어랑 무슨 상관인데요?'

-이 바닥에서 구르다 보면 다 하게 되어 있단다, 꼬맹아.

정말 차상식은 불로장생 말고는 못 하는 것이 없는 엄청난 멀티플레이어였다.

두 사람은 오랜만에 합이나 한번 맞춰 보기로 했다.

-어때? 간만에 손발이나 맞춰 볼까?

'도와주시려고요?'

-나중에 소주나 한잔 사.

'아이고, 당연하지요~'

§ § §

 늦은 밤까지 회사에 남아 보고서를 번역 정리했다.
 차상식이 포르투갈어를 한결에게 한국어로 번역해 주면, 한결은 그것을 바탕으로 보고서의 핵심만 취합해 냈다.
 -···알루미나, 인듐, 실리콘의 수요가 급증하고 있으며 특히나 6-N 실리콘 웨이퍼의 수요가 가파르게 오르고 있다. 또한, 최근 11-N 실리콘 웨이퍼의 수요 또한 가파르게 오르고 있다.
 '어라?'
 보고서를 취합하다가 한결은 우뚝 손을 멈췄다.
 '알루미나, 인듐, 실리콘···. 전부 디스플레이 원자재들 아닌가요?'
 -맞아, 요즘에는 OLED에는 실리콘 기판이 들어가니까.
 '4K 디스플레이에 들어가는 부품들이 핫하다는 건데······.'
 보고서만 놓고 본다면 디스플레이 시장을 확장해 브라질까지 점령했다는 얘기가 된다.
 알루미나, 즉 산화알루미늄은 그 배합에 따라 인조 사파이어를 만드는 데 사용되는데, 최근에는 주로 LED 칩의 핵심소재로 거론되곤 한다. 또한, 인듐은 터치스크린의 핵심소재가 되며, 실리콘웨이퍼는 OLED(Organic Light

Emitting Diodes)의 마이크로 디스플레이 패널에 사용된다.

한마디로 모든 것들이 디스플레이와 연관된 수요다.

'이상하네요? 분명 IX인터는 브라질 디스플레이 시장에서 빽도를 찍었잖아요. 아예 입구 근처에도 못 가 봤는데?'

-음…… 아리까리하면 보고서를 조금 더 읽어 볼까?

'아니요, 잠깐만요.'

한결은 가만히 보고서를 노려보았다.

어쩐지 대박 건수가 눈앞에 아른거리는 게 조금만 손을 뻗으면 잡힐 것만 같은 느낌이 절로 든다.

"아?!"

흐려지는 시선 너머로 생각이 교차하던 그때였다.

"팀장님, 커피 드시고 하세요."

살짝 멍해진 한결에게 이명선 부팀장의 목소리가 들린다.

"어라, 아직 퇴근 안 했어요?"

"명색이 부팀장이 되어서 팀장님만 내버려두고 퇴근할 수 있겠습니까? 뭐, 요즘 통관 때문에 다들 난리라서 그런지 일거리가 많기도 하고요."

"통관이요?"

"미국 관세정책 때문에 말입니다."

순간, 한결은 뇌리에서 불이 번쩍이는 느낌이 들었다.

"아! 통관!"

"네?"

한결은 재빨리 행동에 들어갔다.

"부탁 하나만 합시다! 브라질 HS코드별 관세율 목록이랑 올해 물품분류위원회에서 조정사항 있는지 한번 알아봐 줄 수 있어요?"

"HS위원회 조정결과 말씀하시는 건가요?"

"네! 최대한 빨리 좀 부탁해요."

"알겠습니다."

국제관세기구(WCO)는 산하에 HS위원회를 두고 물품분류에 대한 조정을 실시한다.

어쩌면 지금까지 IX인터가 유난히 브라질에서 고전했던 것은 물품 분류 때문인지도 몰랐다.

잠시 후, 이명선이 한결에게 관세율 목록을 건네주었다.

"여기요!"

자료를 받자마자 코드를 쭉 살펴보기 시작하는 한결은 디스플레이와 그 관련 품목들에 대한 관세품목 조정이 유난히 많았다는 것을 깨닫게 되었다.

"맞네! 모든 건 관세 때문이었던 겁니다!"

"아! 관세장벽! 하긴 지금이라면 그럴 만도 하겠네요. 디스플레이 제조회사들을 브라질로 끌어들여야 시장에서 영향력을 행사해 수지상승을 꾀할 수 있을 테니까요!"

"HS코드에 따라 조립방법이라든지 종류를 달리한다면 충분히 수출이 가능할 것도 같은데요?"

활로를 찾은 느낌이다.

게다가 이처럼 아시아 지역의 생산지수가 침체국면에 접어들었을 때야말로 브라질은 기회의 땅이다.

그러나 여전히 문제는 남아 있었다.

"하지만 팀장님, 요즘 우리 협력사들이 원자재 가격 때문에 손익비율이 별로 좋지 않은 것으로 압니다."

"원자재……. 흠! 뭐 그건 그렇겠네요."

"그래서 요즘 부품가격도 많이 올라 말이 많은 것으로 압니다."

돌파구를 찾았으나 여전히 갈 길이 멀다.

그러나 방법은 찾아내면 된다. 언제나 그래왔던 것처럼.

"대진은행에서 부실채권이 쏟아져 나왔어요. 일단 그걸로 급한 불을 꺼 보도록 하죠."

-그러고 보니 시기적절한 타이밍에 쓸 카드가 있었네! 나쁘지 않아!

한결은 슬그머니 자리에서 일어서더니 이명선의 어깨에 손을 척 올렸다.

"부팀장! 나가서 맛있는 것 좀 먹고 옵시다!"

"네? 맛있는 거요?"

"맛있는 거 먹고 작은 프로젝트 하나 같이 하자고요. 어때요?"

이명선이 빙그레 미소를 지었다.

"맛있는 거 안 사 주셔도 일은 열심히 할 겁니다만. 어떤 프로젝트를 말씀하시는 것인지요?"

"브라질 관세장벽을 돌파할 수 있는 프로젝트를 만들어 내야죠!"

"아!"

문제가 있다면 뚫고 나가면 된다.

"그러시다면 저는 스테이크가 좋겠습니다."

"근처에 잘 아는 집 있어요?"

"소문으로 들어 봤습니다. 아마 밤늦게까지 영업한다고 들었던 것 같습니다."

"갑시다!"

한결은 이명선을 데리고 사무실을 나섰다.

그러다 불현듯 떠오르는 것이 있었다.

"그러고 보니 작은 프로젝트는 타 부서와의 협력관계가 중요하죠?"

"그건 그렇죠."

"그럼 기왕이면 노비 몇 명쯤 만드는 게 낫겠네요. 그렇죠?"

"…노비요?"

이제 막 점심시간이 지난 시각.

IX홀딩스의 차장 세 명이 옥상에서 담배를 피우고 있었다.

"…석동춘 이 개새끼! 아, 진짜 죽겠다, 야!"

"자기네도 요새 칼바람이야?"

"말도 마라. 실적 가져오라고 어찌나 지랄 발광을 해 대는지, 아주 죽을 맛이라니까?"

자산관리실 산하 유동성 관리팀 김한유 차장의 동기 강성화, 이하선은 최근 들어 자꾸 하향곡선을 그리고 있는 대브릭스 투자수익 때문에 그야말로 갈려 나가고 있었다.

문제는 시장분석을 해야 하는데 브라질 지사 측에서 제대로 협조를 해 주지 않는다는 점이었다.

"일주일간 보내는 보고서 분량만 해도 브라질 원어로 400페이지가 넘어. 이 새끼들이 번역이 귀찮은 건지, 너무 더워서 대갈통이 어떻게 된 건지, 원어로 보고서를 보낸다고! 도대체 이걸 어쩌면 좋냐?"

"혹시 브라질 지사 인원들이 한국으로 리턴 투 베이스 찍고 싶어서 일부러 그러는 거 아니야?"

"…에이, 설마."

IX홀딩스는 실적 위주의 회사다. 대우는 잘해 주지만, 실적이 없는 그 즉시 잘라내는 냉혹한 면도 있었다.

최근 거듭되는 투자실패로 IX홀딩스는 구조조정을 생각하고 있었고, 이대로라면 그대로 모가지가 날아가게 생겼다.

만약 그렇게 된다면 지사 인원 몇 명 정도는 한국으로 들어올 수도 있다.

"쯧! 그때 석동춘의 줄을 잡는 게 아니었는데……."

"젠장, 얘기하면 뭐 하겠냐? 우리 입만 아프지." 전략기획실장 석동춘 상무는 IX홀딩스의 주축이라고 불리는 삼두마차 중 한 명이다.

세 사람의 차장도 석동춘에게 기대어 줄을 잡았으나 그 선택에 발목이 잡히며 구석에 몰리고 있었다.

"그나저나 그 새끼는 왜 그렇게까지 IX인터에 집착하는 거야? 원터치 쪼개다 강냉이라도 털렸대?"

"듣자 하니 신임 사장단 자리를 노린다는 것 같던데?"
"어이쿠, 그런 싸가지로? 퍽이나!"

석동춘은 IX인터의 사장단을 해임하는 안건을 이사회에 제출한 것으로 알려져 있었다.

벌써 2년째 같은 시도를 하고 있다는 소문이 있던데, 세 명의 차장들은 어쩌면 그 일이 지금의 물갈이 국면과 관련이 있지 않을까 조심스럽게 추측할 뿐이다.

"아무튼, 이제는 공 상무 라인에 어떻게든 올라타는 수밖에는 없어."

"공 상무가 우리를 아예 석 라인으로 못 박은 것 같던데, 가능하겠어?"

"…해봐야지. 이 나이에 치킨집 차릴 일 있어?"

만약 공 상무가 인정할 만한 기획서가 나온다면 길은 있다.

공 상무야말로 IX홀딩스와 가장 잘 어울리는, 말 그대로 '능력주의자'였기 때문이다.

똑똑.

세 사람이 한창 석 상무의 뒷담화를 까고 있는데 인기척이 느껴진다.

"팀장님들, 여기 계셨네요?"
"누구?"
"투자연결팀장 신한결입니다!"

순간, 세 명의 차장 얼굴이 미묘하게 일그러졌다.

어찌 보면 경쟁자, 혹은 한 마리의 메기가 자신들 앞에 당당히 모습을 드러낸 것이었다.

"낯짝이 참 두껍네? 옥상까지 친히 찾아올 정도면?"

"회사 후배가 인사차 선배를 찾아오는 건 너무나도 자연스러운 일 아니겠습니까?"

"허……."

선배가 세 명이나 있는데도 기죽는 모습이라곤 눈곱만큼도 찾아볼 수 없었다.

아니, 오히려 눈빛이 심히 기세등등하다고 할까?

"보고서는 잘 받았습니다. 분석해 보니 내용이 좋더라고요."

"…보고서?"

"포르투갈어로 된 보고서 더미에 진주를 숨겨 놓고 계셨더군요."

"그걸 다 읽었다고? 말도 안 되는 소리!"

"말이 되는지 안 되는지는 두고 보면 알 일이고요."

차장들은 깜짝 놀랐다.

소문에 의하면 포르투갈어를 구사한다는 얘기가 없었는데, 언제 그 많은 보고서를 다 읽고 취합해서 기획까지 내놓았단 말일까?

"…포르투갈어를 전공했던가?"

"아니요. 그냥 취미로 익혔습니다."

"취미로 익힌 정도가 현지 전문가들이 전문용어로 작성한 보고서를 해석할 수 있는 수준이라고?"

도무지 믿어지지가 않는다.

세상천지 취미로 익힌 타국의 언어를 전문가 수준으로 구사할 수 있는 인간이 대체 어디 있단 말인가?

'…괴물이야, 뭐야?'

한결은 세 사람 앞에 보고서를 내밀었다.

[브라질 디스플레이 산업 동향]

"한번 읽어 보시죠."

한글로 된 번역 문서를 받은 세 사람은 보고서를 정독해 나가기 시작했다.

대략 5분 후, 세 사람은 누가 먼저랄 것도 없이 고개를 번쩍 쳐들었다.

"…이걸 진짜 그쪽이 작성한 거라고?"

"디스플레이 산업 동향에 대해 조사한 자료를 보내 주셨던데, 모르셨습니까?"

"헉!"

"이 자료를 보면 여러분들은 지금까지 정말 어처구니없는 실수를 저질러 왔었다는 걸 알 수 있습니다. 여기 한번 보시죠."

 한결의 손짓 한 번에 세 사람은 마치 자석에 이끌리듯 눈알을 굴려 댔다.

 그가 가리킨 곳에는 HS코드 하나 바꿈으로써 생기는 관세이득이 무려 45%라고 적혀 있었다.

 "조사 한 번이면 알 수 있는 상식을 세상에, 차장씩이나 되시는 분들이 모르셨다는 게 이해가 안 됩니다만?"

 "…뭐야, 이게?!"

 "뭐, 저를 엿 먹이려던 시도는 아주 나이스 했습니다. 하지만 이 보고서, 공 상무님께 올라가면 여러분들은 과연 어떻게 될까요?"

 김한유는 동기들을 바라보았다.

 얼굴이 잔뜩 상기되어 있다. 그동안 애송이라고 생각한 녀석이 알고 보니 괴물이었다니, 잘못 건드린 거 아닌가 싶었다.

 '…아니, 이 새끼 도대체 뭐여? 우리 진짜 X된 거 아녀?'

 '아니지, 이건 기회일지도 모르잖아!'

 눈알을 굴리며 속말을 주고받던 차장들은 다급히 생존전략을 바꾸기로 했다.

 어쩌면 회사의 새로운 실세가 될지 모르는 괴물에게 은근슬쩍 숟가락을 얹으면 살아남을 길이 있을지도 모른다.

그들은 순식간에 태세를 전환했다.

"우리는 그냥 브릭스 프로젝트에서 필요할 만한 자료들을 지사에 보내 달라고 요청했을 뿐이지, 거기서 뭘 보냈는지도 사실 잘 몰라!"

"그럼 일부러 원어 보고서를 주신 건 아니라는 뜻이네요?"

"당연하지! 우리 회사를 뒤져 봐. 포르투갈어를 하는 사람은 있을지 몰라도 전문용어를 자유자재로 구사하는 사람은 없어! 정말로!"

"그건 선배님들도 마찬가지이고요?"

"어! 맹세코!"

영혼까지 끌어모아 적극적으로 자기들 잘못이 아니라는 사실을 어필해 본다.

물론 이 대단한 흑기사가 자신들을 살려 줄 것인지는 모르겠지만 말이다.

"…우리는 정말 잘못 없어! 진짜야!"

"음! 그럼 이렇게 하시죠. 제가 이번에 브릭스 프로젝트에서 브라질 부문의 투자전략을 수정하는 역할을 맡았는데, 그 프로젝트에 선배님들의 부서를 끼워 드리겠습니다."

"어! 정말?!"

하늘에서 한줄기 동아줄이 내려오는 것 같은 기분이 들

었다.

'진짜로? 진짜로 줄을 내려 준다고?'

'살았다아아아아아아아아!!'

'하느님, 부처님, 신 차장님!!'

그야말로 가뭄에 단비를 만난 듯, 신한결 차장의 얼굴에서 후광이 마구 뿜어져 나오는 것 같았다.

"대신 조건이 하나 있습니다."

"말만 해! 내가 뭐든 다 해 줄게! 정말로!"

"저의 정보통이 되어 주셔야겠습니다."

"아이고, 물론이지! 얼마든! 뭐가 궁금해?"

"제가 뭘 지시할지 아직은 모릅니다. 그래도 가능하시겠어요?"

세 사람은 마치 짠 것처럼 동시에 고개를 끄덕였다.

"쌉가능!"

§ § §

IX홀딩스 자산운용실의 분위기는 미묘했다.

한결은 공 상무와 대치 중이었다.

하지만 분위기가 딱히 살벌하거나 하지는 않았다.

"이걸… 자네들이 공동으로 만들었다고?"

"네!"

공 상무는 평소와 같이 무뚝뚝한 표정이지만, 아까부터 기획안에서 눈을 떼지 못하고 있었다.

한결은 그 눈빛에서 뭔가 분위기가 달라졌다는 것을 느낄 수 있었다.

'저 포커페이스가 기획안에 아주 뻑이 가 버린 것 같잖아요?'

-브라질 지사의 보고서가 워낙 퀄리티가 높아서 그래.

한결은 정보통이 되어 줄 차장 삼인방을 프로젝트에 끼워 넣겠다고 공 상무를 찾아온 것이었다.

다행히 공 상무의 표정이 썩 나빠 보이지 않았다.

기획안의 퀄리티가 높았기 때문이다.

공 상무는 세 명의 차장에게 기획안을 던져 주었다.

"이거 가지고 관세사 찾아가서 브라질에서 디스플레이 관련 HS코드를 어떻게 운용 중이며, 기획안대로 수출입을 진행했을 시에 생길 시너지에 대해서 알아 와."

"…아!"

"다음부터 이런 실수를 하면 셋 다 모가진 줄 알아. 디스플레이 반제품 관세가 어디까지 면세인지 알아보지도 않고 그냥 들입다 브라질로 찔러 넣었어?"

"시정하겠습니다!"

보고서에는 HS코드에 따라 디스플레이 원자재와 부품을 적절히 조절해서 수출하는 방향이 제시되어 있었는데,

지금까지 IX의 투자담당자들은 그런 부분들을 아예 하나도 고려하지 않고 있었던 것이다.

다만, 이제부터라도 그 과오를 일부 용서해 주고 프로젝트에 참여시켜 만회할 기회를 주겠다는 것이다.

"자네 셋은 저 친구 덕분에 목숨 건진 줄이나 알아. 알겠어?"

"네! 죽을힘을 다해 최선을 다하겠습니다!"

"세 사람은 그만 나가 봐."

"넵!"

차장 삼인방은 아주 경건한 표정으로 재빨리 사무실을 빠져나갔다.

한결과 단둘만 남게 되자 공 상무가 물었다.

"원하는 것이 있어서 저 셋을 살려 줬나?"

"예?"

"뭔가 원하는 게 있으니 뺀질이처럼 자네를 꼽줬던 세 사람을 살려 준 것이 아니냔 말이야."

-이야, 제법 예리한데?

공 상무는 일전에 한결의 상사였던 임 상무와는 결이 달랐다.

공정하지만 날카롭고, 자비롭지만 단호한 사람이다. 아무런 이유 없이 적, 혹은 경쟁자를 살려 주는 행위는 절대 이해하지 못할 인물이다.

한결은 있는 그대로 털어놓았다.

"저 세 사람을 좀 교화시켜서 조직에 도움이 되는 선에서 잘 부려먹고 싶은 겁니다!"

"교화라……. 생긴 것과는 다르게 여우 같은 면모도 있군."

일반적으로 남초 회사는 늑대들이 득시글거리는 야생의 숲이지만, 그 안에는 여우 같은 놈들도 가끔은 존재하기 마련이다.

"주제넘었다면 죄송합니다."

"알면 됐고. 기왕지사 시작한 김에 끝을 봐. 알겠어?"

"네!"

"그나저나 부품을 저렇게 만들자면 협력사들과 미팅을 해서 일일이 다 조율을 해야 할 텐데, 가능하겠나?"

이번 프로젝트의 가장 골치 아픈 사안이었다.

과연 생산일정 변경 및 모듈화 작업의 생산방식 변경을 협력사들이 받아들여 주겠냐는 것이었다.

하지만 한결은 자신이 있었다.

부실채권이라는 무기가 있기 때문이었다.

"어차피 전자부품을 생산하거나 부품의 원자재를 만드는 것은 협력사 중에서도 대부분이 중소기업들입니다."

"뭐, 그건 그렇지."

"만약 우리가 적재적소에 괜찮은 가격에 좋은 물건을 가져다주고 부품단가를 조정해 준다면, 일정이나 공정조율쯤이야 무리 없을 것이라 생각합니다."

"그 괜찮은 가격의 원자재를 자네가 조달할 수는 있고?"

"네, 그렇습니다!"

공 상무는 조금은 황당하다는 듯, 그러면서도 기분이 나쁘지 않다는 듯이 웃었다.

"허! 이거 재미있는 친구일세? 자네, 너무 IX인터 시절만 생각하고 있는 거 아니야? IX홀딩스 계열사 전체로 따지면 자네가 조달해야 할 부품의 양이 얼마나 될 것이라고 생각하나?"

"최소 1차 수출물량 정도는 일주일 내로 만들 수 있습니다. 그렇게 해서 한차례 조정한 뒤, 꾸준히 수급조절을 통해 단가를 약간씩 조정해 주기만 해도 효과는 충분합니다."

"마치 경험이 있다는 듯이 얘기하는군?"

"IX인터에서는 이미 그렇게 하고 있습니다만."

공 상무는 피식 웃더니 고개를 끄덕였다.

"뭐, 좋아! 자네의 생각이 정 그러하다면야."

"감사합니다!"

"단, 한 번 실패하면 바로 아웃이라는 것만 알아 둬. 두 번은 없어. 알아들어?"

"네!"

한결은 절대 실패는 없다고 자신한다.

이미 모든 카드는 자신의 손 안에 있다고 확신하고 있었으니까.

§ § §

주말 아침.

요즘 인터넷에 남친룩이라고 유행하는 옷을 챙겨 입고 집을 나섰다.

한결은 오늘따라 제법 멋을 냈고, 차상식이 보기에도 태가 상당히 좋았다.

"이 정도면 되려나? 잘 입고 오라고 하도 지랄을 해서 차려입기는 했는데."

-이욜! 만리장성 쌓는 날이라, 이건가?

"어휴, 진짜!"

-왜? 남녀가 정분나는 게 이상한 일이야?

"하여간 아주 틈만 나면 그냥!"

-크크크!

오늘은 양유진과의 비즈니스(?)가 있는 날이다. 아무리 싫어도 TPO에 맞출 수밖에 없다.

지하철을 타고 약속장소인 명동으로 향했다.

-그나저나 왜 하필이면 명동이야? 압구정도 있고, 홍대

도 있고, 많잖아?

"나야 모르죠. 여왕벌이 정한 거니까."

–명동은 결혼식장이 유명한데?

"결혼식장?"

–재벌들 결혼식 코스잖아. 명동성당!

"에이, 걔가 나랑 결혼식장에를 왜 가요? 우리가 커플도 아닌데."

–그런가?

"그나저나 아저씨는 어디서 결혼하셨어요?"

–나? 명동성당!

"어쩐지! 그냥 아저씨는 명동성당을 좋아하는 거구만!"

–큭큭! 뭐, 그것도 그런데, 명동성당에서 진짜 결혼을 많이 하긴 해.

한결은 약속대로 명동역에서 양유진을 기다리기로 했다. 집 근처인 혜화역에서 4호선을 타면 15~20분 정도 걸리는 거리라서 약속장소에 조금 일찍 왔다.

약속시간 20분 전에 나와서 기다리고 있는데 전화가 왔다.

지이이잉!

"여보세요?"

–한결아! 어디야?

"나? 명동역 앞에 있는데?"

-어머, 애는 왔으면 전화를 했어야지! 난 10분 전에 벌써 도착했단 말이야!

"엥? 네가 웬일로?"

-아무튼, 몇 번 출구야?

"어디긴, 10번 출구지."

-거기서 기다려! 금방 갈게!

어쩐 일로 약속장소에 일찍 도착하지를 않나, 자기 발로 걸어서 상대가 있는 곳까지 온다고 하지를 않나.

오늘따라 양유진이 좀 이상하긴 했다.

"어디 아픈가?"

-이런… 죽을병에 걸린 건가? 삼가고인의 명복을 빈다고 전해 줘.

온갖 추측을 하면서 양유진이 10번 출구로 나왔다.

양유진은 회색 원피스에 검은색 퍼가 달린 외투를 걸치고 있었다.

"한결아!"

"너 무슨 선보러 가냐?"

"이열! 너도 힘 좀 줬는데?!"

"잘 입고 나오라고 발광한 사람이 누구였더라."

"너어는! 발광이 뭐니, 발광이!"

"아무튼, 가자. 배고파 죽겠다."

"그래, 가자!"

양유진은 한결에게 팔짱을 꼈다. 그녀의 키는 170 정도로 180이 넘는 한결과는 아주 이상적인 키 차이였다.

하지만 한결은 몹시도 찜찜한 표정으로 양유진을 내려다보았다.

"너 지금 뭐 하냐?"

"뭐가?"

"팔짱은 왜 끼냐고."

"어머나?! 남들은 업계포상이라고 난리인데, 넌 싫어?"

"…그럼 좋겠냐?"

"아무튼, 그냥 끼라면 좀 껴!"

"아오!"

한결은 짜증이 확 올라왔지만, 비즈니스를 위해 어쩔 수 없이 양유진에게 끌려서 명동의 거리를 걸었다.

휘이이잉!

한겨울임에도 불구하고 딱 달라붙는 얇은 원피스를 입은 양유진의 몸이 덜덜 떨려오고 있다.

"너, 추워서 그런 거지."

"…아니거든! 사정이 좀 있다니까 그러네!"

"그나저나 어디까지 가야 하는 거야? 이러다가 굶어 죽겠네."

"거의 다 왔어! 그러니까 그만 좀 투덜거려."

-큭큭! 무슨 표정이 도살장에 끌려가는 소 같냐? 양유진

이 그렇게도 싫어? 이 정도면 몸매도 예술이구만!

한결은 고개를 가로저었다.

'아저씨는 모르는 그런 과거사가 좀 있어요. 그러니까 저 양 대가리랑은 좀 그만 엮어요.'

-구뭬? 뭔데?

'있어요, 그런 게.'

-야, 씨, 졸라 궁금하게! 떡밥만 투척하기 있냐?! 응?!

'나중에 시간 봐서 얘기해 드릴게요. 아무튼, 오늘은 아니에요.'

-와! 웹소설도 거기서 끊으면 욕을 졸라게 먹어!

잠시 후, 한결의 눈 앞에는 사람으로 붐비는 명동성당이 보였다.

한결은 떨떠름한 표정으로 양유진을 바라보았다.

"뭐냐? 결혼식장에 가려고 날 데려온 거였어?"

"처음부터 온다고 그랬으면 안 나왔을 거잖아."

"아놔, 그래도 나왔겠지!"

"어머, 진짜?"

"나 참, 시스터! 이런 비즈니스적인 관계라고 해서 결혼식 한 번 가자는 말도 못 한다는 게 말이 되는 소리냐?"

"…어머, 얘, 너 말이야, 나 진짜로 좋아하니?"

"건 또 뭔 개 풀 뜯어먹는 소리여?"

"엄멈머?!"

"…멋대로 망상하지 마라. 망아지로 만들어 버리는 수가 있다."

-큭큭, 그러면 그렇지! 봐라, 인마! 결혼식 맞지?

차상식은 정말 귀신같은 추리를 해 냈다.

§ § §

잠시 후, 결혼식장에 도착한 한결은 엄청난 인파에 정신마저 혼미해져 오는 것 같았다.

화환행렬은 물론이고 정재계 인사들이 줄을 지어 결혼식장을 찾고 있었다.

"누구 결혼식인데 이렇게 사람이 많아?"

"삼전중공업이랑 GA전기."

"어? 대기업끼리 결혼식을 올린다고?"

"어멈머? 남녀가 결혼식 올리는 게 그렇게 놀랄 일이야?"

"아니 뭐, 그런 건 아닌데."

"뭐, 5년간 연애하고 결혼한다는데, 그 속사정이야 나도 잘 모르는 일이고."

"그나저나 재벌들은 조금 더 호화스럽게 결혼할 줄 알았는데 그게 아닌가 봐?"

"그거야 어중간한 졸부들 얘기고."

한결은 그제야 방금 전 차상식이 한 얘기가 떠올랐다.

'재벌들이 명동성당을 좋아한다고 한 얘기가 맞았네요?'

-그럼 내가 너한테 없는 말을 하겠냐.

'그나저나 삼전중공업이면 삼선그룹의 방계회사이고, GA전기면 GL그룹의 방계잖아요. 재계서열 1위랑 2위가 결혼을 한다?'

-음…… 그건 나도 의외야. 원래 저 집안은 결혼으로 두 번이나 구설에 올랐었거든. 한 번은 이혼, 한 번은 사업결별.

'옛날에 GL그룹 초대회장이 삼전그룹에서 전자기기 사업을 한다고 해서 결별을 선언했다고 했던가요?'

-50년대였던가? 아마 그랬을 거야.

'그럼 양사의 관계회복을 뜻하는 상징적인 의미로 받아들여도 되겠네요?'

-하지만 너무 게릴라식 결혼이 아닌가 싶기는 해. 너도 저 두 사람이 결혼하는 건 몰랐지?

'무슨 재벌가가 결혼한다고 들은 것 같기는 한데, 그게 설마하니 재벌가 1위와 2위의 결혼인지는 몰랐죠.'

가십을 어지간히 좋아하는 사람이 아닌 한 남자들은 남의 결혼식에 관심을 두지는 않는 편이다.

하지만 이번 경우에는 얘기가 달랐다.

무려 대한민국 재계의 판도가 다시 그려질 수도 있는 결혼이었기 때문이다.

"그나저나 양유진, 너는 이 결혼식이 진행된다는 걸 어떻게 알았어?"

"어떻게 알긴? 우리 고객이니까 알지. 본사에서 담당하는 분야가 하나씩 있잖아? 나는 부장님 대리로 온 거고."

"음, 그렇구나."

"그리고 너어는! 이 누나가 맛있는 결혼식 뷔페 먹여 준다면 감사한 줄 알아야지! 뭐, 팔짱을 끼네 마네 난리를 피워야 했니?"

"결혼식이랑 팔짱 끼는 거랑 무슨 상관인데?"

"보는 눈이 많잖아! 이 미모에, 이 몸매에! 남자가 없다는 게 말이 되겠어?"

한결은 고개를 절레절레 흔들었다.

"와… 진짜 인생 피곤하게 산다."

"뭐라고?"

"아니야, 아무것도. 아무튼 간에 다음 주에 부실채권 정리하러 갈게. 리스트는 뽑아 놨지?"

"참나, 일찍도 얘기한다! 그럼! 이 누나가 누구인데!"

"오케이, 그럼 다음 주에 너희 회사 앞에서 보자."

"대신 깔끔하게 하고 와! 외모도 좀 더 가꾸고!"

"뭔 헛소리야? 아무튼, 배고파. 밥 먹자."

방명록에 기록하는 것으로 빠르게 임무를 완료한 양유진과 함께 혼주 측에서 준비한 뷔페로 향했다.

성당을 나오는데 저 멀리 검은색 리무진 두 대가 멈추는 것이 보인다.

리무진에선 각각 남자가 내렸다.

그들을 발견한 차상식은 고개를 갸웃거렸다.

-…어라? 마트슈라흐 그룹?

'아는 사람들이에요? 인도인 같은데.'

-마트슈라흐 은행 몰라? MTSH 뱅크 말이야!

'아! 시총 200조 정도 되는 메가뱅크라고 하는 데?'

-맞아! 그 회사야.

'이야! 인도에서 은행재벌까지 찾아와? 역시 대기업은 다르네요!'

역시 재벌의 결혼식은 뭔가 하객도 남다르다는 생각이 절로 드는 라인업이었다.

하지만 차상식은 이것이 의미하는 바가 좀 특별하다고 역설했다.

-흠! 그런데 그 옆에 있는 사람이 좀 의외네.

'의외라니요?'

-바바스 그룹 오너 일가인데.

'바바스? 부동산 재벌이요?'

-그래, 인도 부동산의 바바스 그룹. 저 두 사람이 같이

다닐 일이 없을 텐데? 저 사람들, 완전히 상극이거든.

'그래요?'

절대로 만날 일 없는 삼선과 GL, 그리고 원수 집안인 마트슈라흐와 바바스.

저들의 조합과 내막을 듣고 나니 한결은 한 가지 합리적인 의심이 들었다.

'혹시 삼선, GL이랑 인도 재벌들이 합작 사업을 하려는 건 아닐까요?'

-합작?

'만약 그렇다고 한다면, 이거 완전 초대박 사건 아니에요?'

-사건이지! 흠…… 하지만 굳이 저 넷이 손을 잡을 일이 뭐가 있나?

뜻밖의 장면을 목격했으나 지금으로선 정보가 부족했다.

-아, 이거 참 아쉽네! 저놈들이 무슨 꿍꿍이인지만 알아내면 돈 몇백억 정도야 기냥 껌값처럼 땡길 수 있는데!

'천천히 찾아보면 자투리 정보라도 몇 개 나오겠죠.'

-어쩌면 미국의 수출 기조와도 관련이 있겠다 싶은 생각도…….

'미국이요?'

-뭐, 일단은 천천히 알아보자! 뒤지다 보면 어딘가에선 꼬리가 잡히겠지!

§ § §

얼마 후.

양유진은 한결에게 부실채권 리스트를 건네주었다.

한데 리스트의 양이 저번에 얘기했던 것보다 더 많았다.

"총 2,000억에 1,200억, 총 3,200억 정도 되는 부실채권이야. 뭐, 한결이 너 정도면 이 정도 처리하는 건 아무것도 아니지?"

"…얘기했던 거랑 좀 다른데?"

"네가 처리해 준다고 해서 있는 대로 물건을 박박 긁었더니 그렇게 되어 버렸네? 테헷!"

실없이 웃어넘길 수 없는 규모였다.

'어디 은행이라도 하나 부도났나? 왜 이렇게 부실채권이 많은 거지?'

-리스트 한번 봐봐.

한결은 그 자리에서 부실채권 리스트를 확인했다.

리스트에는 한국의 생산지수 하락으로 부도를 맞은 원자재 가공회사들의 창고 물류지분과 전자기기 단순부품이 상당히 많았다.

'자잘하게 중소기업들 부실채권이 엄청 쌓이다 보니 이렇게 된 거네요.'

-이 중에 부동산 털고, 동산 다 처분한다고 해도 대략

한 1,500~2,000억 정도 남겠다. 그치?

'그러게요.'

-이게 왜 이렇게 쌓였을까?

'미국의 무역 기조 때문에 점점 한국에 재고가 쌓여 간다는 뜻 아닐… 어?!'

순간, 한결은 한 가지 깨달음에 도달하게 되었다.

한국에 악성재고가 자꾸 쌓이는 것은, 결국 한국이 수출업을 하기 좋은 환경이 아니라는 뜻이었다.

그 말인즉슨, 한국의 최대장점이 약점으로 돌변하게 된다는 소리였다.

'아! 대기업들이 생산거점을 해외로 옮겼구나!'

-이제야 제대로 된 답이 좀 나오는 것 같네. 그래! 생산거점을 해외로 옮기니 그렇지.

'그럼 삼선, GL이 동맹을 맺은 것도, 인도의 두 재벌이 손을 잡은 것도, 한국의 생산거점을 해외로 옮기기 위함이겠네요?'

-빙고!

이 순간, 한결은 생각했다.

드디어 제대로 된 기회가 찾아왔다고.

'이참에 부실채권 털어서 총알 장전하고, 엔젤투자로 중소기업 바이아웃해서 크게 한 타 쳐 보는 거예요!'

-이름값 올릴 타이밍이 오긴 왔네!

제3장
요건

거대한 흐름을 잡아냈다.

이제부터는 발 빠르게 움직여서 최대한 이득을 챙기는 것이 중요했다.

그러자면 먼저 엔젤투자협회를 통해 채권을 취급할 수 있는 허가증을 등록하는 것이 순서일 것이었다.

한결은 고영탁 대표에게 채권 취급회사 면허 발급의 절차에 대해 물었다.

[나 : 엔젤투자 시드머니 마련을 위한 부실채권 중개 및 매각을 단행하려 합니다. 어떻게 하는 것이 가장 빠른 방법이 될까요?]

[고영탁 대표 : 협회 측에서 요구하는 요건을 충족시키면

최대 보름 내로 엔젤투자 IB사업자 면허 발급이 가능합니다]

메시지를 통해 고영탁 대표가 말한 요건은 간단하지만 쉽지는 않았다.

"시드머니 마련 후, 투자대상자들의 지속 가능한 사업영역을 발굴해 기획안을 작성할 것… 이라…….."

-네가 저놈의 부실채권으로 이상한 짓을 하지 않겠다는 확신이 있어야 한다는 거겠지.

"지속 가능한 사업이라……. 결국 부실채권 매각 이후의 청사진까지 그려 와야 한다는 거잖아요?"

-당연하지. 그걸 보겠다고 이러는 거니까.

"흐으으으으음……."

가만히 고민에 빠지던 한결은 돌연 이런 생각이 들었다.

"아니, 가만있어 봐…. 그러니까 지금 엔젤투자협회가 원하는 건 지속 가능한 사업인 거잖아요? 현금이 원활하게 돌아가는."

-당연히 그렇겠지.

"그럼 GL전자 계약 건을 따내는 게 완빵인데?"

-GL……. 아! 그래, 그러면 되겠네! 이열, 잔머리 잘 돌아가?

한결은 GL그룹이 삼선, 인도 재벌들과 손잡으려 한다는 사실을 어렴풋하게나마 알고 있었다.

그렇다면 입찰이 금 더 쉬워질 수도 있을 것이다.

"이명선 부팀장이 그랬잖아요. GL이 브릭스 시장 진출 때문에 물류사업자를 모집하는 것 같다고."

-음…! 그렇긴 하네. 결국 그것 때문에 인도에 진출하려는 것일 테고.

"그렇다면 이렇게 생각해 볼 수도 있겠죠. 결국 인도에 진출하려는 것은 브라질, 혹은 미국 시장을 겨냥하는 이중 발판이라고요."

-브라질은 지금 반도체, 디스플레이 호황이라고 했나?

"그쪽이 호황인 이유는 미국 때문일 가능성이 크잖아요? 그러니까 결국엔 우리가 계획하고 있는 청사진이랑 합이 딱 맞아떨어진다는 거죠."

차상식은 한결의 분석에 고개를 끄덕였다.

-나쁘지 않아! 다만, 물류의 효율성을 높이는 일이 쉽지 않을 텐데, 괜찮겠냐?

"일단은 부딪치고 봐야죠!"

한결은 사모펀드의 수장이 될 것이다.

투자집단의 리더가 되자면 결국엔 부딪치고 깨져 봐야 한다.

차상식은 그런 한결의 저돌적인 부분을 인정해 주었다.

-그래, 한번 해봐!

§ § §

전날 GL전자 물류협력사 입찰 기획안을 작성한 한결은 결연한 표정으로 거울 앞에 섰다.

"이것만 되면 대박 터진다!"

－그래, 대박!

기획안을 작성하느라 잠을 제대로 못 자긴 했지만, 정신은 오히려 또렷했다.

이른 아침부터 당찬 기백과 함께 출근준비를 서두르는 한결에게 문자가 한 통 왔다.

딩동!

[당신과 함께하는 무브먼트, 피딕스 택배!]
[물품을 전달했습니다]
[대리수령자 : 개인 스토리지 관리인]

"어라, 스토리지에 관리인도 있어요?"

－개인 스토리지는 한번 사 두면 대부분 1년이고 2년이고 잘 찾지 않아. 그래서 나같이 수백억을 들여서 평생관리를 신청하기도 하고.

"수백억? 그 안에 도대체 뭐가 들어있길래요?"

－어… 뭐, 나중에 직접 봐.

지금은 사소한 것에 신경 쓸 겨를이 없었다.

한결은 스마트폰을 주머니에 넣고 곧장 회사로 향했다.

회사에 도착하자마자 공 상무부터 찾아갔다.

똑똑!

상무 집무실 문을 두드리자 공 상무가 직접 문을 열어 주었다.

"뭐야, 아침부터?"

"드릴 말씀이 있습니다."

가볍게 커피 한 잔의 여유를 즐기고 있던 공 상무가 한결을 안으로 들였다.

물론 아침의 여유를 방해한 한결을 바라보는 시선은 곱지 않았다.

"아직 내 공식 스케줄 시작 전인 건 알고 있지?"

"죄송합니다."

"죄송할 짓을 했으면 그만한 이유가 있어야 할 거야."

한결은 어제 밤새도록 작성한 기획안을 공 상무에게 내밀었다.

[GL전자 물류협력사 입찰공고 대비 기획안]

"GL? 이게 왜 자네 쪽에서 나와?"

"제가 얼마 전에 우연히 친구 따라 결혼식에 갔었는데

말입니다. 그곳에서 GL그룹과 삼선그룹의 혼례를 구경했지 뭡니까."

"지금 재벌집 결혼식 봤다고 자랑하러 온 거야?"

"거기서 놀라운 장면을 목격했고, 정황증거들을 바탕으로 정보를 수집해서 입찰에서 승리할 수 있는 청사진을 만들어 봤습니다!"

공 상무는 뭔가 썩 못 미덥다는 표정으로 한결을 쳐다보다가 어쩔 수 없이 기획안을 열어 보았다.

"…내 아침시간 방해한 인간은 자네가 처음이야. 별거 아니기만 해 봐. 각오하는 게 좋을 거야."

"넵!"

유난히도 까칠해진 공 상무는 커피 한 잔과 함께 보고서를 읽어 내려갔다.

한데 읽어 내려갈수록 공 상무의 표정이 점점 변하기 시작했다.

"…뭐야, 이거 진짜야?"

"제가 그 사람들 머릿속에 들어갔다 나온 것은 아니기 때문에 확신은 못 합니다. 하지만 그거야 떡밥만 던져 봐도 알 수 있는 내용 아닙니까?"

대한민국 백색가전 중 1위이자 프리미엄 브랜드로 전 세계 가전시장을 깡그리 먹어 치우고 있는 디스플레이의 독과점 기업이 바로 GL전자였다. 계약이 성사만 된다면 업계

순위를 뒤집는 건 일도 아니었다.

공 상무는 한껏 상기된 표정으로 한결을 바라보았다.

"자신 있어?"

"물론입니다!"

"만약 떡밥 던져 봤는데 아니면 어쩔 거야?"

"그건 그것 나름대로 의미가 있지 않겠습니까? 어차피 우리도 GL전자와의 협력사 관계 타이틀을 얻기 위해 입찰을 할 거 아닙니까. 조금이나마 정보를 얻어 두면 훨씬 더 좋겠지요."

"음············."

뭔가를 결정할 때의 공 상무는 말이 길지 않다.

공 상무는 한결의 제안을 승인했다.

"좋아, 해보자고."

"감사합니다!"

"그나저나 GL전자로 던질 떡밥은 뭐가 좋겠어?"

"브라질 시장으로 진출 시, 총비용에서 5% 정도 비용감소가 이뤄질 것이라고 던져 보겠습니다."

"5%······. 가능한 얘기를 해."

"제 계산으로는 충분히 가능합니다!"

"자꾸 공수표 날리면 나중에 책임질 때 힘들어질 텐데?"

"공수표 아닙니다. 만약 어긋나면 제가 책임지겠습니다."

상사의 믿음이 부족할 땐, 가끔은 돌이킬 수 없는 강을 건너 주는 것도 좋은 방법이다.

한결이 돌이킬 수 없는 강을 건너니 공 상무의 표정이 아까와는 확연하게 달라져 있었다.

"좋아, 믿어 보겠어."

"감사합니다!"

"아참, 그리고 말이야."

"넵!"

"인사이동이 있을 거야."

공 상무는 '인사이동기획'이라는 보고서를 한결에게 건네주었다.

"봐봐."

"인사이동이라니……."

"IX홀딩스와 IX인터의 연결기획을 조금 더 타이트하게 잡기 위해서 내놓은 조정기획이야. 자네를 공동투자기획 팀장으로 임명하고, 저번에 데려온 차장 세 명을 해외투자협력팀으로 묶을 생각이거든. 브릭스 기획조정이 마무리된 뒤에도 저 세 명은 해외 서포터로 꾸준히 일하게 될 거야."

"…그럼 기존의 팀들은 어떻게 되는 겁니까?"

"신임팀장들이 맡게 되겠지. 아무리 브릭스 기획이 중요해도 무려 세 개 팀이나 붙이는 게 말이 되나? 효율이 너무 떨어지잖아."

"아!"

"자네는 다 좋은데 말이야, 어떤 것이 효율적인 조직의 흐름인지는 잘 모르는 것 같아. 앞으로는 사람보다는 부서 간의 시너지를 좀 잘 생각해 봐."

말 그대로 공 상무는 효율을 최우선으로 하는 사람이었다. 그런 그에게서 배울 점이 상당히 많을 것이다.

-저놈이 저거 내가 가르치려던 걸 그대로 옮고 있네? 제법이잖아?

'공 상무가 효율성으로는 끝판왕이라고 하던데, 다 이유가 있었네요.'

-물류효율을 조율하는 건 이 친구한테 배우면 되겠네. 효율성 끝장난다면서.

'어라?!'

이참에 공짜로 과외를 받으면 어떨까?

한결은 IX홀딩스에 근속하는 특혜를 적극적으로 이용해 보기로 했다.

"상무님!"

"뭔가?"

"외람된 말씀입니다만, 제게 가르침을 주십시오!"

"그게 무슨 말이야?"

"저도 효율적인 조직관리, 최대한의 시너지에 대한 능력을 함양해 보고 싶습니다!"

공 상무가 소파에 몸을 묻으며 피식 웃었다.

"허참, 이건 또 무슨 신종 아부야? 자네도 아부라는 걸 떨 줄 알아?"

"아부 아닙니다! 더 큰 인간이 되기 위한 도움닫기입니다!"

"…야망을 위해 배움을 청한 것이다?"

"넵!"

아까와는 달리 공 상무의 표정이 예리하고 날카로워졌다.

"내 제자가 되기를 청한다? 나는 부사수도 잘 거두지 않았던 사람이야. 알고 있나?"

"…몰랐습니다."

"그만큼 노하우를 전수하기 싫어하는 타입이란 말이지. 자네가 만약 배움을 청하고 싶다면 그에 합당한 대가가 있어야 하지 않겠어?"

"수업료를 지불하란 말씀이십니까?"

"말이 제법 잘 통하는데?"

공 상무는 한결에게 두툼한 서류뭉치 하나를 툭 던져 주었다.

[IX인터 손실 추이]

"IX인터?"

"내가 요즘 고민이 하나 있어. IX인터의 손실이 지나치게 가파르게 오르고 있다는 것이지. 자네가 만약 내 고민을 하나 해결해 준다면, 나도 자네에게 노하우를 전수해 주도록 하지. 어때?"

"손실을 줄이는 기획을 짜면 되는 겁니까?"

"아니, 손실에 대한 근본적인 원인을 찾아와."

한결은 보고서를 가만히 바라보더니 이내 꾸벅 고개를 숙였다.

"앞으로 싸부님으로 모시겠습니다!"

"허참, 이 친구가 제법 패기가 있었네. 뭐, 좋아, 한번 지켜보겠어."

§ § §

GL그룹에 던질 떡밥을 마련하자면 정말로 5%의 비용절감 플랜을 세워야 한다.

한결은 GL전자 하도급 물류사업자 낙찰을 위한 비상근무체제에 돌입했다.

"지금부터 좀 바빠질 겁니다. IX인터를 수시로 오가야 하고 GL전자로 파견근무를 나가야 할 수도 있죠. 누군가는 브라질로 해외출장을 가야 할 수도 있고요."

"해외출장이요? 좋죠! 저 갈래요!"

"아무튼, 그건 IX인터와 상의해 본 다음 결정하도록 합시다."

 한결이 팀원들과 업무에 관한 대화를 나누고 있는데 인기척이 느껴졌다.

 똑똑.

 고개를 돌려 보니 차장 삼인방이 웃으며 사무실 밖에 서 있었다.

 "선배님들, 들어오시죠."

 "아하하! 그래도 되는 건가? 다들 실례 많아요!"

 "아닙니다!"

 요 몇 주간 세 명의 차장들이 보고서며 이런저런 자료들을 알아서 물어다 주었기 때문에 팀원들의 인식도 제법 많이 바뀌었다.

 한결은 이제부터 그들과 협력관계에 있다는 것을 알려주었다.

 "이제부터 이 세 분의 선배님들께서 우리 공동투자기획팀을 서포트해 주실 겁니다. 또한, 앞으로 진행되는 해외투자에 대해서는 무조건 세 분의 선배님들이 도움을 주기로 했습니다."

 "보고서라든지 자료분석을 전담하게 되시는 거네요? 확실히 효율성이 극대화되겠군요!"

 공 상무는 팀의 막내들마저도 한눈에 알 수 있을 정도로 뛰어난 효율성을 자랑하지만 순발력 또한 상당히 높은 편이었다.

-확실히 배울 게 많겠지?

'그러네요.'

공 상무는 배울 게 많은 사람이니, 고로 IX인터의 손실금 추이를 제대로 캐내야 한다는 소리였다.

"그럼 부팀장은 나랑 IX인터로 가야 하니까 준비하시고, 나머지는 맡은바 업무에 충실할 수 있도록 하세요."

"넵!"

팀원들과 세 명의 차장들은 아주 우렁차게 대답했다.

§ § §

한결은 이명선 대리와 함께 IX인터로 가는 지하철에 몸을 실었다.

지금은 출근시간이 한참 지난 때라서 객차 안은 한가했다.

덕분에 한결과 이명선은 자리에 앉아서 편하게 갈 수 있었다.

"그… 소문 들으셨습니까?"

"네? 무슨 소문이요?"

"IX인터의 사장 직위가 곧 해제될 수도 있다는 얘기가 나오던데요."

예전에 돌던 소문이었다.

IX인터의 사장 염상천이 직위해제를 당할 수도 있다는 소문이었다.

―평사원들에게까지 말이 나돌고 있는 것을 보면 염상천 사장의 입지가 많이 위태로운 모양이군. 사람은 참 괜찮은데 말이야.

'염상천 사장에 대해서 잘 아세요?'

―이 바닥에서 IX인터 염 사장을 모르는 사람도 있나? 밑바닥부터 시작해서 사장 자리에 오른 입지전적인 인물이야. 사실 HMN이 아무리 입김을 불어도 모회사에서 쳐내기 싫어 발목을 꽉 붙들 사람이기도 하고.

'그런 인물인 줄은 미처 몰랐는데.'

평사원이 사장을 마주칠 일이 몇 번이나 있을까?

한결 역시 평사원으로 딱히 접점이 없었음에도 불구하고 염상천이라는 인물이 꽤 괜찮을 것 같다는 생각이 들었다.

아무래도 차상식이 높게 평가했기 때문일지도 모르겠다.

'그런 대단한 인물을 HMN에서 쳐내려 한다. 도대체 왜 저렇게 증자에 집착하는 거지? 이유가 뭘까요?'

―여러 가지 추측이야 해 볼 수 있지. 하지만 추측은 추측일 뿐, 실질적인 이유는 당사자들이 아닌 이상 알 수 없어.

'하긴.'

회사의 대표를 교체한다는 것에는 다양한 이유와 노림수가 뒤따르기 마련이다.

다만, 이번 건은 어느 정도 예측이 가능한 범주에 있다.

사실 사내에 입지적인 인물을 쳐낸다는 것은 HMN으로서도 적잖이 무리수다.

그럼에도 이를 감행한다는 것은 염상천의 존재 자체가 HMN에는 방해되기 때문임을 추측할 수 있다.

잠시 후, 지하철은 IX인터 근처 역에 도착했다.

"이야, 회사를 옮긴 지 불과 몇 개월 지나지도 않았는데 벌써부터 정겹네요!"

"이게 바로 친정이라는 느낌일까요?"

마치 고향으로 돌아온 기분이었다.

만약 IX인터에 계속 남아 있었다면 어땠을지, 한결과 이명선은 그런 얘기를 두런두런 나누면서 건물로 들어갔다.

그러자 로비에서부터 그들을 반기는 사람이 있었다.

바로 황 부장이었다.

"신 차장, 이 대리! 이야! 오랜만이야!"

"잘 지내셨죠?"

"나야 당연히 잘 지냈지! 누구 덕분에~"

황 부장의 입이 귀에 걸린 것을 보니 필시 좋은 일이 있는 모양이었다.

황 부장은 한결과 이명선을 데리고 곧장 투자본부로 향

했다.

"지난번에 자네가 수정한 포트폴리오들 있잖아. 그게 지금 대박을 터뜨리고 있다는 거 아니야!"

"대박이요? 그게 그럴 건수가 있었던가요?"

"으흐흐! 이따가 보면 알아. 아마 깜짝 놀랄 거야!"

원래 사람이 좀 가벼운 이미지가 있기는 하지만 오늘따라 유난히도 흥분을 한 것 같았다.

황 부장을 따라 투자본부로 들어간 한결은 미리 기다리고 있던 임 상무와 조우했다.

임 상무는 한결을 보자마자 와락 끌어안았다.

"어서 와! 우리 보물단지! 크!"

"사, 상무님?"

"투자기획 대박 낸 것으로도 모자라서 GL그룹 합작까지? 자네는 진짜 보석이야. 다이아몬드라고!"

황새 대가리 황 부장은 몰라도 임 상무는 결코 가벼운 사람이 아니었다.

도대체 왜 저러는 것인가 싶어서 투자본부장실로 들어간 한결은 IX인터의 4/4분기 실적보고서를 받았다.

[실적 증가 : 119%]
[무역 수익금 상승 추이 : 5,322억 -〉 1조 1,655억(단위 KR/W)]

순간, 한결의 눈이 휘둥그레졌다.

"이게 다 뭡니까?!"

"재고장부에 있던 물건들을 덤핑해서 넘겨줬잖아? 그랬더니 글쎄, 업계 5위의 다성인터를 제치고 우리를 거래처로 꽂기 시작하는 거야. 나 참, 살다 보니 이런 일이 다 있더라!"

"와!"

"이게 다 자네 덕분이야. 내가 진즉에 자네는 뭔가 사고를 칠 것 같다는 느낌은 들었었는데, 이렇게 대박을 쳐 주나?"

무려 실적이 두 배나 올랐다. 그것도 불과 한 분기 만에 말이다.

이런 대박을 친 장본인은 눈이 휘둥그레졌지만, 임 상무는 이것은 시작에 불과하다는 평을 했다.

"물론 황 부장이 열심히 뛴 공이 크기 하지. 하지만 투자처 쇄신하고, 쓸모없는 기획들 쳐내고, 과감한 로스리더로 아예 판을 뒤집어 버린 자네의 판단력은 진짜 압권이었어. 이제부터는 로스리더가 아닌 실제 우리의 실력으로 무역상승 추이를 이어 나갈 거야. 아마 내년이면 우리 회사의 총무역실적도 4조 원을 돌파할 수 있지 않을까 싶기도 해."

현재 IX인터의 무역실적 총액은 2조 원이 약간 안 되는 수준이었다. 하지만 이번에 제대로 기세를 타면서 내년에는 4조 원을 돌파, 업계 4위로 올라설 수도 있을 듯했다.

"만약 거기에 GL그룹과의 합작까지 성사된다면 어떻게 되겠어?"

"잘하면 4조 원 이상도 노려 볼 만하겠군요!"

"그래! 자네 덕분에 우리 IX인터가 이제 드디어 날개를 펼 수 있게 되었다는 거야."

정말 기쁜 소식이었다.

여기서 물류효율을 제대로 조율한다면 GL그룹에 던질 떡밥으론 충분할 것도 같았다.

하지만 한결과 차상식의 내심은 썩어들어 갔다.

'이 정도 매출상승이면······.'

-그래, 최소 3개월 전부터 이어진 랠리인데 손실금 규모가 계속 커지고 있다는 건 말이 안 되는 소리지.

'도대체 뭐지?'

기왕지사 IX인터에 온 김에 한결은 사건의 핵심을 제대로 조사해 보기로 마음먹었다.

§ § §

IX인터와 GL전자의 합작 프로젝트를 진행하기 전에 GL전자의 현재 대브라질 수출실적과 현지 디스플레이 시장의 동향은 어떤지 살필 필요가 있었다.

황 부장은 부하들을 닦달해서 받아 낸 보고서를 한결에게 건네주었다.

"최근 브라질에서 LED의 관세를 높였단 말이지. 그래서 알아보니까 미국의 압력이 높게 작용하는 브라질에서 한국산 디스플레이의 진입을 차단하기 위해서 그런 전략을 구사한 것이었더라고."

"오호!"

"이유는 모르겠지만, GL전자가 디스플레이 공략지점을 브라질로 옮기려는 것은 확실해. 그래서 미국 쪽 모바일 제조업체에서 뭔가 로비를 했나 봐. 그런데 생각해 보니 한국산 패널이 없으면 스마트폰을 제조할 수가 없잖아? 그래서 반조립 상태의 부품을 수입하는 것은 오케이 사인을 보내 놓았던 거지. 그게 언제냐? 바로 일주일 전이야."

"아? 아! 제가 IX홀딩스에 보고서를 올릴 때쯤이네요."

한국 독과점이 되어 버린 OLED의 수입을 위해서 브라질은 미국의 눈치를 봐 가며 여지를 슬쩍 남긴 것이고, 한결은 그 틈을 완벽하게 파고든 것이었다.

"그나저나 GL전자의 디스플레이 공략지점을 브라질로 옮긴 것에는 뭔가 다른 이유도 있는 겁니까?"

"브라질은 스마트폰 사용시간이 압도적으로 1위인 시장이야. 수치로 따진다면 인구 2억의 국민들 중에 스마트폰 없는 사람이 거의 없을 정도지. 그런데 최근에 브라질에서 연달아 광물, 석유 대박이 쭉쭉 터지면서 스마트폰 제조에 필요한 원자재가 물밀 듯이 쏟아져 나오고 있어. 한국의 제조사들 입장에서 본다면 브라질보다 더 좋은 공략거점이 또 있을까?"

"하긴… 미국이랑도 가깝고."

"이미 미국의 에이플은 대만 쪽이랑 손잡고 공장부터 세워 놓았다고 하더군. 아마도 브라질 내의 제조 경쟁이 격화되지 않을까 싶어. 물론 패널제조야 경쟁 자체가 안 되는 품목이니 논외로 치고."

미국은 어떻게 해서든 한국의 스마트폰 제조단가를 올리려 하고 있기 때문에 그 핵심부품인 디스플레이 제조라인에 패널티를 먹이려는 것이었다.

"우회… 의 가능성도 염두에 둬야겠네요?"

"일단은 그렇긴 한데, 우회도 쉬운 선택은 아니야. IX로직스라고 알지?"

"IX인터의 자회사 말입니까?"

"그래, 거기서 얘기하기를, 최근 해상운임이 계속 상승하고 있다고 하더라고. 그러니까 우회라고 해서 완벽한 답은 아니라는 거지."

쉽지 않은 문제였다.

반제품 수입에 대한 문은 열어 놓았는데, 정작 미국에서 계속 수입을 막는다면 그 또한 문제가 커질 가능성이 높았기 때문이다.

 만약 거기에 운임까지 상승한다면 남는 게 아예 없을지도 모른다.

 '쉽지 않겠는데요?'

 -원래 어려운 문제를 푸는 것만큼 극한의 카타르시스를 주는 것도 없는 법이지.

 한결은 이쯤에서 재무상태를 한번 점검해 보기로 했다.

 "브라질 지사의 재무상황은 어떻다고 합니까?"

 "아직 파악 못 했어. 만약 자네가 브라질 지사의 재무상황을 정확하게 파악하고 싶다면 최소한 보름 정도는 시간을 줘야 할 거야."

 천하의 불도저 황 부장마저도 브라질 지사에 손을 대는 일은 쉽지 않다는 분위기였다.

 만약 그렇다면 IX인터 본사의 자금흐름은 과연 어떻게 흘러가고 있을까?

 "그렇다면 IX인터의 자금흐름은 어떻습니까? 재무이사 자리는 아직도 공석이라고 알고 있습니다만."

 "아, 그러고 보니 재무관리실을 신경 못 쓰고 있었네! 마침 잘 왔어. 온 김에 재무관리실 회계자료 좀 검토해 줘. 자네 CPA잖아?"

 "아직 연수도 못 마친 풋내기이긴 합니다만, 그래도 괜찮다면야."

"아이고, 당연히 환영이지!"

한결은 황 부장을 따라서 재무관리실로 향했다.

§ § §

텅 빈 재무관리실장 집무실에 산더미처럼 쌓인 장부와 마주한 한결은 차근차근 관련 자료들을 읽어 나가기 시작했다.

[해외법인 평균 수익 : 45.9%▲]

"일단 국제시장에서의 성적은 좋아요. 그 정신이 없는 와중에도 꾸준히 흑자를 봐 왔을 정도니까요."

-뉴델리와 자카르타 쪽은 당연히 수익이 높을 것이고…. 오, 남미 쪽도 나쁘지는 않은 모양인데?

"…이상하네. 손실이 날 구멍이 없는데?"

한결은 앉은 자리에서 장부를 샅샅이 뒤지기 시작했다.

숫자를 파고들며 장부를 읽어 나가던 한결은 돌연 한 가지 사실을 깨닫기에 이르렀다.

"장부나 차트에는 일정한 패턴이라는 게 있는 것 같아요."

-패턴…? 그런 게 보인다고?

"네! 예전에 아저씨가 알려 줬던 작전주의 특성도 일정한 패턴으로 인식했었거든요."

차상식은 미묘하게 양쪽 미간에 힘을 주었다.

-⋯모든 것들을 패턴화를 시켰다는 거야?

"모든 것은 아니고요. 숫자에 한해서만 그렇다는 거예요."

한결은 장부의 한 부분을 손가락으로 가리켰다.

[평균 수입률 : 19.99%▲]

"이를테면 수입률을 숫자로 표기해 놓는다고 쳐요. 그렇다면 이것도 일정한 공식의 함수처럼 곡선이 쭉 어이질 거잖아요? 이 숫자들을 눈에 담고 머리로 굴리다 보면 자연스럽게 단순한 곡선과는 다른 일정한 패턴이 보인다는 거죠."

-미친⋯⋯. 네가 지금 무슨 소리를 하고 있는 줄 아냐?

"엥? 이게 문제가 될 만한 발언이에요?"

-지금 너는 수요예측 프로그램이나 할 법한 패턴화 방식을 구현하고 있는 거야. 기계처럼 말이야!

원래부터 수에 능통하다는 것은 알고 있었으나, 차상식은 한결의 능력이 어느 정도인지 사실 잘 파악하지 못하고 있었던 것이다.

-생각해 봐. 패턴을 파악한 사람이 특정 차트를 본다면 어떻게 되겠냐?

"차트가 패턴으로 보이겠죠?"

-주식시장은 패턴으로 움직여. 그걸 파악하는 데 몇 달을 쏟아붓는 것이 애널리스트고.

"…애널리스트? 아, 그래! 시황분석!"

-그래, 인마! 한마디로 너는 눈동자만 제대로 굴려도 패턴을 파악해 내는 거야. 한마디로 졸라 먼치킨적인 능력을 가지고 있다는 뜻이지!

"어… 그런가?"

한결의 능력은 인간을 뛰어넘는 것이었다.

-돌겠네, 진짜. 아무튼, 괴물딱지 씨, 네가 봤을 때 IX인터의 손실이 왜 이렇게 높아지는 것 같아?

"이것은 전형적인 상승곡선이고, 손실과는 거리가 멀어요. 고로 누군가 일부러 손실을 덤핑하고 있다는 뜻이죠."

-내 생각도 그래. 어쩌면 모회사에서 일부러 손실을 덤핑시키고 있는 것이었는지도 모르지.

가만히 생각에 잠기는 한결은 냉큼 IX홀딩스로 전화를 걸었다.

-네, 김한유입니다.

"김 차장님, 신한결입니다!"

-오! 우리 신 차장~ 그래, 어쩐 일로 전화를?

"혹시 IX홀딩스 채권 동향에 대해 좀 알아봐 주실 수 있습니까?"

-그거? 당장 톡으로 쏴 줄게! 30초만 기다려~

김한유는 그 즉시 한결에게 IX홀딩스의 채권 동향을 메신저로 보내 주었다.

[IX홀딩스 채권 동향]
[해외지사 부채비율 : 41%▲]
[해외지사 영업손실 : 39.91%▼]

"…이거네!"

-아하, 채권덤핑! 이야, 이건 뭐 대놓고 현질을 하는 수준인데?

"어쩐지! IX홀딩스의 주가가 요즘 가파르게 오른다 싶더니만! 이 정도면 주가조작 수준 아니에요?"

-때에 따라선 그렇게 될 수도 있겠지.

문제도 많아졌지만, 뜻밖의 정보도 많이 얻었다.

제4장
하드코어

손실 장부를 눈앞에 둔 공 상무의 표정은 그야말로 '오묘함' 그 자체였다.
 "개코로군. 도대체 어디서 이런 냄새를 맡은 거지?"
 "요즘 IX인터에 CPA가 없다기에 제가 장부를 정리해 주다가 발견했습니다."
 "아참, CPA를 가지고 있다고 했나?"
 "아직 연수는 못 받았지만, 일단 합격은 했습니다."
 탁!
 장부책이 탁 소리가 나도록 덮은 공 상무는 피식 웃음을 지었다.
 "나 참, 내가 1년이 넘도록 찾지 못한 걸 한 달도 채 안 되어 찾아내다니, 대단하군."

"그냥 운이 좋았을 뿐입니다."

"운도 실력이라는 말이 왜 있는 줄 아나? 운은 일종의 불가항력의 영역이야. 하지만 그 운이라는 것도 감각과 실력이 없으면 따라주지 않아. 왜? 직감이 없는데 운이 따를 만한 일을 하겠어?"

"음……."

"아무튼 간에 입학시험에 통과한 걸 축하해. 뭐 이걸 축하해야 할지는 모르겠지만."

"입학이라니요?"

"공가스쿨이라고, 앞으로 내가 자네를 키워 낼 학교지."

"아! 그럼 제게 가르침을 주시는 겁니까?"

"약속은 약속이니까. 단, 강습 1회마다 학비를 지불해야 할 거야."

"넵!"

공 상무는 성격이 쿨한 사람이다. 능력을 키울 가치가 있다고 판단되면 굳이 다른 이유 따위는 생각하지 않는다.

-인생을 살다 보면 저런 상남자 기질이 필요하지만, 비즈니스 업계에서는 그다지 환영받지 못하는 스타일이긴 하지. 아마도 저 단점을 커버하기 위해 노력하다 보니 효율의 끝판왕이라는 별명도 얻지 않았나 싶군.

'그나저나 저 사람은 어째서 IX인터의 손실에 대해서 알고 싶어 한 것일까요? 재무관리실장이라서?'

―그거야 저 친구에게 과외를 받다 보면 자연스레 알게 되겠지.

공 상무는 한결에게 'IX로직스 물류관리 보고서'라는 제목의 서류뭉치를 던져 주었다.

"읽어 봐."

"이게 뭡니까?"

"앞으로 자네가 배우게 될 관리체계가 잘 잡혀 있는 교범이라고나 할까."

IX로직스 물류관리 보고서에는 어떻게 하면 물류비용을 절감시킬 수 있고, 그 절감이 모회사와 계열사에까지 영향을 미칠 수 있는지 잘 나와 있었다.

"우리 IX홀딩스가 지금까지 버틸 수 있는 원동력이 바로 물류였다는 말이 있을 정도로 IX로직스의 효율성이 높아. 사실 내가 GL전자 입찰 건에서 자네의 기획안을 선택한 것도 IX로직스와의 시너지가 예상되었기 때문이지."

"아하!"

"내가 한때 IX로직스의 조직관리를 담당한 적이 있는데, 지금의 체계는 그때 잡힌 것이라고 보면 될 거야."

IX로직스의 물류체계를 보면 공 상무의 성격이 어떤지 잘 알 수 있다.

이들은 미국의 소비자물가지수와 환율, 유가, 산업 동향에 따라 스케줄을 조율하는데, 위의 네 가지에 따라서 해상운임지수와 화물운임이 매번 변동되기 때문이었다.

"물류의 비용을 최적화하기 위해서는 우선은 운임을 최대한 줄이는 것이 필요해. 운임을 줄이다 보면 자연스레 불필요한 것이 무엇인지 명확하게 보이게 된다는 거지. 이것을 기업으로 가져와 보면……."

공 상무는 대형 태블릿의 전원을 켠 뒤, 화이트보드처럼 사용하기 시작했다. 화면에는 '비용절감'이라는 단어를 적었다.

"이를테면 우리가 수출하려는 에어컨의 생산단가가 100이라고 가정해 보자고. 현재 환율은 1,300원쯤 하고 유가는 60달러, 미국의 소비자물가지수는 상승 중이며, 산업동향은 하락세에 머물고 있다…. 여기서 에어컨 생산단가를 90까지 낮추려면 어떻게 해야 할까?"

"원자재를 싸게 매입하는 것이 첫 번째일 것이고, 두 번째는 운송비용을 낮추는 겁니다."

공 상무는 고개를 가로저었다.

"이런 틀에 박힌 사람 같으니. 그러니까 효율이 개판이지!"

"헛!"

"생각해 봐. 그런 뻔한 걸 몰라서 사람들이 기업조정전문가를 초빙하는 것일까?"

공 상무는 태블릿에 '기업운영비용 절감'이라는 단어를

적었다.

"유연한 조직구조, 즉 상황에 맞춰서 언제든지 시너지 조정을 할 수 있는 유연한 조직체계가 필요하다는 거야. 예를 들어 생산라인을 크로스오버가 가능하도록 조정하는 체계를 잡아서 생산축소가 요구될 때에 즉각적으로 반응할 수 있게 한다든지, 생산량이 부족해 효율이 나오지 않는 라인에는 즉각적인 증산으로 대처할 수 있게 해 준다든지."

"아하! 조직구성원을 언제든지 재조립해서 시너지를 창출할 수 있는 전략이 필요하다는 뜻이로군요! 이를테면 블록 장난감을 조립하듯이 말입니다!"

"그렇지! 이해력이 나쁘지 않은 것은 나이스. 자, 그럼 여기서 한 단계 나아가 보자. 생산구조를 탄력적으로 운용하자면 어떻게 해야겠어?"

한결은 1초도 되지 않아 답을 내어 놓았다.

"중간관리자들과의 소통이 중요합니다!"

"그건 기본이고."

"어… 협력업체들과의 교류?"

"모회사의 재고압박을 협력업체들에게 전가하면 다 같이 죽는 거야."

"아!"

"역시 효율성의 근본부터 배워야겠군. 중요한 건 관리자들과의 소통이 아니라 자네가 관리자들을 얼마나 잘 이해하고 있느냐야. 기업도 결국엔 사람이 굴리는 일인데, 적당한 인재를 시기적절하게 배치하지 못한다면 성과가 날 수가 있겠냐고."

"그렇군요."

"생각해 봐. 에어컨 시황이 확 나빠져서 재고회전율이 바닥까지 떨어져 내릴 것 같은 느낌이 든다면, 에어컨을 기깔나게 잘 팔아치울 수 있는 전략을 가진 마케팅담당자를 데려오면 되는 거야. 공장의 가동률이 탄력적인 게 유리하다면 기똥차게 공장을 굴릴 줄 아는 생산관리자를 데리고 오면 되는 거고."

-크흐! 아주 청산유수네! 이거 수업료로 1억도 아깝지 않은 수준인데?

차상식의 말처럼 공 상무는 이 자리까지 공으로 올라온 것이 아니었다.

실전에서 쌓은 노하우를 아낌없이 현장에 적용하면서 잔뼈가 굵은, 제대로 된 백전노장인 것이다.

"이번 수업은 여기까지야. 그럼 과제를 내주도록 하지."

"어? 이제 몇 가지 배운 게 다인데요?"

"조합을 잘해야 한다. 그것보다 중요한 게 있어?"

"아무리 그래도 이렇게 번갯불에 콩 구워 먹듯이 과제를 내주시는 건……."

"거참, 말 많네. 원래 일이라는 건 현장에서 대가리 깨지면서 배우는 거야!"

-크크크! 화끈해서 좋구만!

공 상무는 한결에게 다짜고짜 업무지시를 내렸다.

"보름 후에 GL전자 측에 물류 합리화 방안에 대한 기획안을 던져 줄 거야. 그걸 자네가 작성해 와."

"......예?!"

"왜, 어려워?"

"어렵다기보단 제 전공이 아니라서 말입니다."

"누구는 물류가 전공이라서 IX로직스에서 조직관리를 했었나? 사람은 말이야 전공분야만 공부해선 절대 살아남을 수 없어. 자네가 앞으로 다른 회사로 이직하든 말든 그건 내 상관할 바가 아니지만, 적어도 IX홀딩스에 있을 때만큼은 모회사가 거느린 계열사들에 대한 기본지식 정도는 함양하고 있으란 말이야. 알아들어?"

"그......"

"아! 참고로 공가스쿨에 퇴교는 없어. 들어올 땐 자네 마음이었지만, 나갈 땐 내 마음이거든. 언더스탠?"

-이야, 하드코어인 것이 딱 너한테 어울린다 야!

그야말로 자신을 극한으로 밀어붙이는 상사이자 멘토였다.

이 순간, 한결은 생각한다.

어쩌면 하드코어보다 더 좋은 성장방식은 없을지도 모르

겠다고 말이다.

"옛썰! 남자가 되어서 그 정도도 못 하겠습니까?!"

"패기 넘치는군. 좋아!"

-허이고, 제법 짝짜꿍이 잘 맞나 보네? 큭큭! 하긴 한쪽만 미치는 것보다는 세트로 미치는 게 낫지!

§ § §

한결은 'IX로직스'의 포워딩 담당자 권도환 부장을 찾아갔다.

권도환 부장은 IX로직스에서 20년 간 물류를 다뤄 온 이 방면의 전문가 중 전문가였다.

"…뭘 어쩐다고요?"

"현장에서 물류체계를 직접 눈으로 보고 익히고 싶습니다!"

"아니, 본사 차장씩이나 되는 양반이 왜 굳이 물류창고에서 먹고 자냐고요. 안 그래도 추워 죽겠는데."

"GL전자 하도급 입찰을 앞두고 전략을 좀 수립해야 해서요."

"나 참, 그런다고 전략이 나오나?"

"네, 그럼요!"

"…뭐, 그럼 어디 한번 해보슈."

물류전략을 수립하는 데 주어진 시간은 일주일 남짓이었다.

그동안 한결은 IX로직스에서 일하면서 실질적인 전략을 짜기로 한 것이다.

-졸라 단순무식한 방법이지만, 나쁘지는 않아!

'이론으로만 배우면 결국엔 현실적인 방안을 내놓긴 힘들다는 걸 배웠죠, 아저씨를 통해서!'

-그나저나 진짜 괜찮겠냐? 물류센터가 보통 빡센 데가 아닌데?

'제가 말하지 않았던가요? 저도 한때는 택배기사였어요.'

-아, 맞다! 큭큭! 그랬었던가?

'일단 뭐, 몸으로 하는 건 다 자신 있으니까요!'

한결은 권도환 부장을 따라 물류센터 안에 위치한 창고로 들어갔다.

눈앞의 광경은 절로 입이 벌어지게 했다.

"어………?"

"좀 크죠?"

"…아니요, 많이 큰데요?"

"당연하죠. 괜히 우리나라 7대 종합상사겠습니까?"

IX로직스는 물류회사이자 포워딩 회사이기도 하다.

화주와 선주를 연결해 주는 시스템을 직접 운영하면서

보관물류도 함께 운영하다 보니 물량이 엄청날 수밖에는 없는 것이다.

"…사람이 할 수 있는 일이 아닌 것 같은데요?"

"거봐요, 내가 뭐랬습니까? 여기 이러고 죽치고 있다고 능사가 아니라니까요? 체계를 배워야죠, 체계를!"

하나부터 열까지 맨땅에 헤딩을 하려는 한결의 용기가 가상한지 권도환 부장은 지금 가장 필요한 것이 무엇인지 알려 주었다.

"현장도 현장인데 물류 관제센터에 한번 가 보세요."

"그래도 됩니까?"

"안 될 거 뭐 있습니까. 모회사 투자담당자인데. 한번 올라가 보세요. 아마 다들 껌뻑 죽을 겁니다."

-두드리면 열리리라! 이야, 대가리로 그냥 막 들이대는데도 열리긴 열리네? 역시 패기가 중요해!

한결은 권도환 부장의 조언에 따라 물류 관제센터로 향했다.

관제센터는 현장보다 더 정신없었다.

"…얼마 뒤에 유가조정이 있을 모양입니다. 그때 가능하다면 해상운임지수의 변동폭을 보고 포워딩을 시작하는 일정으로 짜 봅시다."

"유가조정이 있대요? 아직 오펙에서는 별말 없다던데?"

"에이, 오펙에서만 조정을 합니까? 미국 쪽 석유 재벌들이 한국에 주는 텍사스산 산업유의 생산량이 조절된다는 거죠."

"하긴 이번에 곡물운송량이 상당히 줄어들었더라고요. 그럼 뭐, 보나마나 유가가 상승할 게 분명합니다. 요즘에는 곡물이랑 유가를 가지고 저울질을 많이 하더라고요."

"그럼 뭐, 달러화 추세라든지 채권 흐름이라든지 그런 것들까지 디테일하게 한번 살펴보자고요!"

모든 경제지표를 가지고 운송전략을 정하는 곳이 바로 이곳 컨트롤 타워다.

관제센터에서는 물건을 언제 내보내고 받아들일지, 또는 어떻게 포워딩할지 열띤 토론을 벌이고 있었다.

'…여기가 진짜였네!'

-현장도 현장인데 때론 컨트롤 타워를 탐방하는 게 가장 좋은 방법이 될 때도 있는 법이지.

'아!'

한결은 뭔가 날카로운 감이 뇌리에 내리꽂히는 것 같았다.

한결은 한창 토론 중이던 물류관리사들과 포워딩관리자들에게 다가갔다.

"실례가 안 된다면 제가 좀 껴도 되겠습니까?"

"…어! 뭐야? 누구야? 언제… 들어오셨어요?"

한결은 사원증을 꺼내어 보여 주었다.

그러자 정말로 담당자들이 껌뻑 죽는다.

"공동투자기획팀장? 어이쿠, 본사에서 오셨네?!"

"제가 포워딩 체계라든지 물류체계를 좀 알아야겠는데, 도움 좀 주시겠습니까?"

"아이고, 뭐, 그거야 당연하죠! 마침 잘되었습니다. 이제 곧 GL그룹이랑 같이 일하게 된다고 긴장 바짝 하고 있었는데, 본사와 맨투맨으로 소통하면서 기획을 짜면 저희야 좋지요."

또다시 발전의 기틀을 다잡게 되었다.

§ § §

물류체계는 언뜻 간단해 보이지만 그 과정 하나하나를 세세히 컨트롤한다는 것은 거의 불가능에 가까운 일이다.

하지만 컨트롤이 아예 불가능했다면 지금의 대한민국은 존재하지 못했을지도 모른다.

"물류는 오케스트라, 신 차장님은 마애스트로라고 보시면 됩니다. 각 분야의 장인들이 있고, 체계도 다 잡혀 있죠. 하지만 때에 따라 흐름을 바꿔 주지 않으면 손실이 발생할 수도 있습니다. 하다못해 보험료 하나에도 운송비용이 바뀌는 판에 대세를 읽지 못한다면 무역으로 돈 버는 건 포기해야 할지도 모릅니다."

"아!"

한결은 어째서 공 상무가 GL전자와의 거래에서 물류계획을 직접 짜 보라고 했는지 알 것 같았다.

'무역이나 투자는 엄청나게 다양한 분야의 여러 사람들과 일을 해야 하므로 자기 분야 하나만 딱 알아선 절대 일을 못 하겠네요.'

-그래서 공가스쿨이 필요한 거야. 저놈의 공 뭐시기가 성질은 좀 뭣 같아도 일 하나는 진짜 기똥차게 잘한단 말이야? 그 이유가 뭐겠어?

'끝도 없는 공부와 실습?'

-그래! 그게 바로 공 뭐시기가 네게 바라는 것이라고. 알간?

단순히 효율성을 높이는 것에서 끝나는 것이 아닌, 근본적인 안목을 키우라는 것이 공 상무의 가르침인 것이다.

그 순간, 한결의 감각이 다시 반짝이기 시작한다.

"그렇다면 제가 물류의 구역 하나하나를 다 공부하는 건 당연한 일이고, 결국에는 흐름을 알아야 제대로 일을 할 수 있다는 뜻이네요?"

"아, 그러네요! 흐름이라는 단어가 제일 알맞겠네요. 맞습니다. 흐름을 잘 아셔야 이 일을 하실 수 있어요."

"그렇다면……."

만약 물류가 방정식이라면, 한결은 이 모든 것을 패턴으로 익히고 경우의 수를 따질 수 있다.

예를 들어 달러화가 상승장에 있다고 가정한다면, 지금 이 시장에서의 변수는 무엇이고 무엇이 비용상승에 결정적인 영향을 미치는지 생각해 볼 수 있다는 것이다.

'물류에 대해 공부하기만 한다면, 흐름을 이해하기만 한다면, 모든 것을 패턴으로 읽어 내고 방정식으로 대입해 볼 수 있겠네요!'

—어우, 진짜 지독한 수학 빠돌이네!

한결은 GL전자의 부품을 브라질로 가지고 간다고 가정했을 때 생기는 모든 경우의 수를 다 더해서 방정식으로 만들고, 그것을 기획안으로 풀어냈다.

"이건 어때요?"

"유가상승에 대비해 최적의 선적일자를 정하고 해상운임을 고려해 출항을 선택한다? 아니, 잠깐만. 이걸 지금 방금 뚝딱 만드신 거라고요?"

"넵!"

"…그게 가능한가?"

전문가들은 국제정세와 환율까지 정밀분석해서 방정식을 만들어야 하겠지만 한결은 달랐다.

아침마다 한 번씩 증시를 살피고 관련 뉴스를 머리에 넣어 두었기 때문에 굳이 자료를 수집할 필요가 없었던 것이다.

"이 정도면 괜찮은 기획인가요?"

"아… 뭐, 일단 기획은 좋습니다. 하지만 다듬어야 할 부분들이 꽤 보입니다. GL전자와의 계약이 얼마나 남으셨다고 했죠?"

"정확히는 6일 남았네요."

"신 차장님 정도면 6일 내로 충분할 것 같다는 느낌이 드네요!"

한결은 자신의 단점마저도 재능으로 커버해 버렸다.

-와아…… 이걸 이렇게 끝내 버리네?

'실전에서만 잘하면 이번 프로젝트는 그냥 프리패스겠는데요?'

그야말로 압도적인 재능으로 밀어붙인 기획이 될 것이었다.

§ § §

엿새 뒤.

한결은 운송기획안을 짜서 GL전자 원자재수급담당자인 오준수 과장을 찾아갔다.

IX인터의 기획이 오준수 과장의 마음에 든다면 우선협상대상자가 될 수도 있고, 그게 아니라면 광속탈락의 고배를 마실 수도 있다.

한마디로 IX인터에게는 일생일대의 순간이라 할 수 있는 것이다.

한결은 황 부장과 함께 GL전자로 향했다.

"…GL전자라니!"

"부장님, 긴장하신 거 아니죠?"

"야, 약간?"

천하의 황 부장이 긴장할 정도로 GL전자와의 계약은 IX인터에게 중요한 분기점이 될 것이었다.

"그나저나 얘기 들었어? 오 과장이라는 사람 말이야. 깐깐하기가 거의 시어머니 수준이라던데, 괜찮을지 몰라."

"준비는 완벽합니다. 디스플레이 부품별 HS코드 중 어떤 것이 우리에게 이득인지 그에 대한 최적화된 운송방법을 고안해서 프로젝트를 준비했습니다. 운송방법과 해운지수까지 잘 따져서 가격을 확 낮췄고요."

"물류센터에서 폐관수련을 했다더니 진짜였나 보네!"

충분한 준비가 되어 있다면 근심은 없는 법이다.

'그나저나 아저씨는 오늘따라 말이 없으시네요?'

-때론 관망이 더 좋을 때도 있는 법이지. 그만큼 준비를 했으면 최선을 다한 거잖냐.

'어쩐 일로 쿨하게?'

잠시 후, GL전자 본사에 당도했다.

로비에서부터 한결을 기다리고 있던 오준수 과장이 인사

를 건네왔다.

"GL전자 오준수입니다."

"신한결입니다."

"자, 안으로 들어가시죠."

일단 인상은 듣던 대로 깐깐하게 생겼다. 심지어 목소리까지 아나운서 같아서 마치 만화 속에서 튀어나온 사람을 보는 것 같았다.

한결은 오준수의 안내를 받아 소회의실로 들어갔다.

"기획부터 보실까요?"

"안 그래도 기다리고 있던 참입니다."

한결이 짜 놓은 기획안에 황 부장이 가져온 참고자료들을 오준수 과장에게 건네주었다.

그는 한 10분 넘도록 기획안만 들여다보았다.

그러다가 대뜸 이렇게 얘기했다.

"이 디스플레이 액정 전용 나사의 단가는 얼마죠?"

"예?"

"DSO-110에 들어가는 나사의 단가 말입니다."

순간, 하도 자잘한 것으로 공격이 들어와 한결은 말문이 막힐 뻔했다.

"…나사의 단가까지는 파악을 못 했네요."

"음, 이런 작은 디테일에서 단가조절이 빛을 발하는 건데. 만약 우리 측에 제안서를 낼 것이었다면 협력업체를 통해 단가표 정도는 받아 놓으셨어야죠. 디스플레이 부품수급 및 운송조건은 그렇게 조율하는 겁니다. 아셨어요?"

세상천지 뭐 이런 놈이 다 있나 싶을 정도였다.

-크크크! 이러다간 플라스틱 미세입자의 단가까지 따지게 생겼네.

'아… 골치가 아프겠는데요?'

-어떻게 할 거야?

'이럴 때 배운 걸 써먹는 거죠, 뭐!'

공 상무가 강조하는 전술은 바로 '유연함'이었다.

한결은 물류체계의 흐름에 대해 익혔기에 그 자리에서 어떻게든 조정이 가능했다.

"액정 전용 나사부터 시작해서 GL그룹이 원하는 단가가 있을 겁니다. 최종인수 단가를 말씀해 주시면 우리가 최대한 포워딩을 타이트하게 해서 단가를 맞춰 드리겠습니다."

"나사 하나까지 일일이 가격협상을 해 주시겠다고요?"

"단가조절을 원하신다면 당연히 그렇게 해 드려야죠."

부품 하나하나의 단가를 조절하는 건 당연한 일이다. 하지만 부품에 들어가는 작은 소켓의 단가까지 따지는 경우는 드물다.

하지만 한결은 전체적인 견적을 뽑고, 그 견적에 총합을 맞춰서 한 방에 계약을 종결시키려는 것이었다.

-전체 견적으로 가격을 취합한 다음에 전체적인 디스카

운트로 종결지으려는 거야?

'그거죠!'

—하지만 그게 가능하려면 두뇌회전이 엄청나게 빨라야 하는데? 포워딩 비용의 내용을 하나부터 열까지 다 꿰고 있어야 가능하다는 뜻이지. 아참, 너는 그쪽으론 아주 괴물이었지?! 이야, 참 재미있는 녀석이야!

'뭐, 이 정도 가지고.'

이것이야말로 자강두천이라 할 만했다.

결국 오준수는 한결에게 약간 밀리는 모습을 보였다.

한결의 입가에 미소가 걸렸다.

'끝났나?'

—아니야, 저 새끼도 보통내기는 아닌 것 같아!

차상식의 말처럼 오준수도 여기서 물러서지는 않았다.

"IX로직스의 물류절감 프로젝트의 의도가 뭔지는 잘 모르겠습니다만, 그렇게 뭉뚱그려 끝낼 문제는 아니라고 생각합니다."

"뭉뚱그리다니요. 그렇게 말씀하시면 섭한데요? 어떤 경우에도 솔루션이 가능한 기획입니다. 다른 제안을 하신다고 해도 충분히 소화가 가능하다는 말이죠."

"음…… 이게 또 생각보다 복잡한 사정이 있어서 말입니다."

한결이 가지고 나온 물류비용 절감 솔루션은 선적부터

하역까지 모든 부분을 최적화시키고 합리화해서 화주가 안게 될 비용을 최대한 줄여 주겠다는 것이다.

어지간한 플랜으론 이 정도의 효율을 절대 발휘할 수 없을 것이 분명했다.

하지만 그래도 오준수는 그냥 넘어가지 않는다.

-나 참, 정말 깐깐하기가 이를 데 없군. 화주나 선주나, 심지어는 육상물류의 츄레라 기사에게 주는 비용까지 철저하게 계산해서 포워딩한다는 것으로도 놀랍지만, 피스의 단가 하나까지 신경 쓰는 사람은 없거든. 그런데도 불만이라고?

'…일부러 저러는 건가?'

-뭐, 일단 얘기는 한번 들어 보자.

황 부장도 이제는 질렸다는 표정을 짓고 있다.

하지만 오준수 과장은 정말로 뜻밖의 얘기를 해 주었다.

"한국과 브라질, 편도가 아니고요, 브라질과 인도, 인도에서 방글라데시로 이어지는 왕복 복합물류가 필요합니다."

"…인도와 방글라데시라니요?"

"계약이 확실해질 때까지 함구하고 있으라는 상부의 지시가 있어서 부득이하게 그리되었습니다. 음, 차라리 잘되었네요. 분명 내게 어떤 상황에서도 조정이 가능하다고 말씀하셨었죠. 그렇지요?"

"아!"

"브라질에서 생산된 디스플레이, 스마트폰 액정을 인도와 방글라데시로 배송해 주셔야겠습니다."

순간, 정적이 흘렀다.

원래 IX인터가 예상했던 물량을 초월하는 하도급 건이었던 것이다.

이제야 한결이 품고 있던 모든 의문이 풀렸다.

'이거였구만, 굳이 하도급까지 끌어들이려던 이유가!'

―이로써 GL이 인도에 대규모 공장을 지으려는 이유가 명백해진 거지!

'흐흐, 땡잡았네!'

이 정도면 회사에서 광속 해고를 당해도 억울할 것이 없을 정도의 정보였다.

한편, 오준수 과장은 회심의 미소를 지었다.

"왕복물류, 거기에 아시아 현지에서의 지상물류까지 책임지시는 조건입니다. 만약 이런 조건이라면 지금 제시한 단가에 5~10% 정도를 디스카운트해 주실 수 있겠습니까?"

"흠!"

예상했던 것보다 프로젝트의 규모는 컸고 요구사항도 까다로워졌다.

하지만 이것은 한결이 예상했던 범위 내였다.

―큭큭, 판이 재미있게 돌아가는데?! 야, 가서 오징어 다리 좀 사 와라!

'이게 일이 이렇게 풀리네?'

오준수 과장은 기세를 잡았다고 생각한 모양인지 의기양양한 미소를 지었다.

"저희들이 생각했을 때, HS코드를 바꿔서 물건을 잘만 선적하면 그 정도 단가절약은 가능할 것이라고 보고 있는데 말이죠."

단순히 HS코드의 숫자만 바꾼다고 해서 관세가 줄어드는 것은 아니다. 수입규모를 제한하는 쿼터제도나 FTA의 유무 등도 살펴야 하기에 업무의 양이 몇 배 이상 늘어날 수도 있다.

하지만 그것도 계산에 이미 다 포함되어 있었다.

―저 오줌인지 뭔지 하는 놈이 나름대로 머리를 썼군.

'하지만 이미 다 우리의 계산 내에 있었쥬?'

―개고생한 보람이 있네? 그치?

'으흐흐, 그러게요?'

이미 게임은 끝났다.

한결은 이제 마지막 한 수를 띄우며 협상을 마무리 짓기로 했다.

"모든 조건, 다 수렴하겠습니다!"

"…이걸 다 수렴한다고요?"

"물론이죠."

"진심… 이세요?"

"당연하죠! 만약 계약위반 시, 그 책임은 저희가 다 짊어지겠습니다!"

"오호?"

"단! 하나의 조건만 좀 들어주십시오."

"뭡니까?"

"부품생산업체는 저희가 정하되, 감리는 GL그룹에서 하는 걸로. 어떠십니까?"

"뭐, 그 정도야……."

한결의 입가에 회심의 미소가 걸렸다.

'오케이, 걸려들었어!'

-이게 그거지? 지속 가능한 사업.

'으흐흐, 맞아요! 그거.'

이제 모든 카드가 손에 들어왔다.

한결은 그 카드를 가지고 메이드를 완성하기만 하면 되는 것이다.

"좋습니다."

"…우선협상을 해 주시는 겁니까?"

"내일 중으로 좋은 소식 전해 드리겠습니다."

"감사합니다!"

또 하나의 커리어가 한결의 손에 들어왔다.

제5장
두드리면 열리리라!

대한민국 5대 자산운용사 중 하나인 '동해에셋'은 최근 시장의 핵으로 떠오른 브릭스에 대한 자산운용계획을 수립하느라 정신이 없었다.

　대표이사 주항철이 주관하는 자산운용 회의에서는 그야말로 난무한다 싶을 정도로 기획들이 올라오고 있었다.

　문제는 주항철의 눈에 띄는 기획은 없다는 것이었다.

　"브릭스 스위칭, 공격적 ETF 운용……. 이딴 걸 지금 전략이라고 들고 온 거야?"

　"시정하겠습니다!"

　"사람들이 말이야, 신념이 없어! 신념이! 자네들의 투자신념은 뭐야? 적당히 빌어먹다가 말년에는 치킨 튀기는 게 신념이야?"

"…아닙니다."

"신념이 없으면 생길 때까지 빡세게 굴러. 스스로를 굴리란 말이야. 자신을 수도승이라고 생각해! 고생을 주저하지 말란 말이야! 알겠어?!"

"네!"

"다들 나가 봐! 얼굴만 봐도 스트레스 받을 것 같아!"

주항철의 일갈에 임원진들이 썰물처럼 빠져나갔다.

뜨겁게 달아오른 화를 애써 식히기 위해 전자담배를 찾는 주항철의 손가락이 허공을 갈랐다.

오늘따라 담배가 다 떨어졌다.

"뭐야, 담배가 없네? 이봐, 거기 누구 없나?!"

주항철의 부름에 비서진들이 대답했다.

"네, 대표님."

"담배가 없는데? 어떻게 된 거야?"

"회장님께서 하루에 한 갑 이상 피우면 저희들 모가지를 치시겠다고…."

"…자네들이 내 시누이야? 내가 담배 피우는 걸 왜 회장님한테 쪼르르 일러바쳐?"

"죄송합니다. 회장님께서 내리신 지시사항이라."

"이놈의 여편네가 진짜!"

주항철은 아내 유미희의 회사에서 일하는 월급쟁이 사장이다. 능력이 좋아 장인에게 픽업된 이후, 30년째 이 시장에서 두각을 나타내며 일하는 중이었다.

그렇게 장인의 신뢰는 얻었지만, 이사진들의 견제로 아내가 회장 자리에 오르면서 졸지에 월급쟁이가 되어 버린 것이었다.

물론 그마저도 지금은 위태롭지만 말이다.

"그나저나 이사들 움직임은 좀 어때? 아직도 회장님을 압박하는 중인가?"

"아무래도 주주들 보는 눈도 있고 해서 아직 잠잠한 것 같기는 합니다만, 물밑작업은 계속되는 것으로 보입니다."

"하…… 그때 장인어른께서 급사만 하지 않으셨어도 일이 이 지경은 안 되었을 텐데. 쯧! 하필이면 HMN이랑 손을 잡고 있었던 게 문제였지, 뭐."

"어쩔 수 없었습니다. 당시에는 차상식 회장의 영향력이 워낙 건재했고, 믿음 또한 탄탄했으니까요."

과거 동해에셋은 차상식의 HMN과 손잡고 인트펀드를 운용했던 회사 중 하나였다.

당시 차상식의 파워는 대한민국 전체를 흔들고도 남을 정도였기 때문에 동해에셋도 별문제 없이 지분을 교류하며 돈독한 관계를 유지해 왔었다.

한데 인트펀드 파문이 터진 직후 차상식이 급사하면서 동해에셋 역시 근간부터 흔들리는 사건을 겪게 되었다.

당시의 충격으로 창업주인 유규암이 사망한 것이었다.

가장 큰 문제는 워낙 경황이 없어서 창업주 사망 이후 사후수습에 실패했다는 점이었다.

"…이래서 사람은 수습을 잘해야 해. 장인어른 돌아가시고 경황이 없는 틈을 타 HMN이 이사회 정관을 수정해 버릴 줄이야."

"지금 주주들 사이에서는 HMN이 차상식을 죽인 것이 아니냐는 말이 나돌고 있다고 합니다."

"자기 회사가 회장을 죽여?"

"해외에서는 자사가 창업주 회장을 내치는 일이 비일비재하지 않습니까?"

"으음."

HMN은 차상식이 사망한 직후, 아주 기다렸다는 듯이 동해에셋을 치고 들어왔다.

마치 주인의 손에서 벗어나길 기다렸다는 듯이.

"IX홀딩스도 그래서 지금 발목 잡힌 거 아닙니까?"

"차상식의 손에서 벗어난 HMN이 길길이 날뛰는 바람에 말이야?"

"네."

"하긴……."

"아무튼, 담배는 통제하겠습니다."

"…이럴 땐 좀 봐 줘야 하는 거 아니야?"

"그럼."

주항철은 결국 담배도 빼앗기고 씁쓸한 과거만 안은 채 집무실로 돌아올 수밖에 없었다.

터덜터덜 걸어서 집무용 의자에 앉은 주항철은 이마를 짚었다.

지이이잉!

[엔젤투자 전용 앱]
[투자귀신 : 바쁘십니까?]

주항철은 앱에서 보낸 메시지를 확인하곤 눈을 번쩍 떴다.

"투자귀신!"

활동명 고영탁, 코리아 엔젤스의 대표이사로 활동하고 있는 주항철의 '부캐생활'은 그의 활력소이자 장인의 회사를 되찾을 유일한 돌파구였다.

장인 유규암이 사망하기 전, 그는 고영탁이라는 이름과 함께 중소기업들을 도와주는 일을 하라고 권했었다. 당시에는 그럴 여력이 있을까 싶었지만 그래도 장인의 강권으로 어쩔 수 없이 명의를 이어받게 되었다.

그때는 몰랐지만, 이제 와 생각해 보면 장인은 어느 정도 이런 상황을 예측하고 있었던 것인지도 모르겠다는 생각이 들었다.

주항철은 장인의 유지를 이어받는 데 최선을 다했다.

그런 그의 활동에서 가장 인상 깊은 사건들을 꼽으라면 아마 주저 없이 투자귀신과의 투자를 손에 꼽을 것이었다.

"언제 돌아오나 했더니만, 아주 사람 애간장을 다 녹이는군!"

신출귀몰, 신통방통. 이 모든 것이 투자귀신을 위해 존재하는 단어라는 생각이 들 정도로 대단한 인물이었다.

지금의 대한민국 소재 산업 유니콘들이 전부 투자귀신이 만들어 냈다고 해도 과언이 아닐 정도였다.

[나 : 아니요, 쉬는 중입니다]

[투자귀신 : 그럼 부탁 하나만 해도 되겠습니까?]

[나 : 네! 얼마든지요]

[투자귀신 : 엔젤 매칭을 신청한 회사들 중에서 반도체, 디스플레이 OEM 전문회사가 있을까요? 남아시아에 생산 기반을 둔 유망 회사여야 합니다.]

"반도체와 디스플레이……. 스마트폰을 겨냥하는 건가? 그것도 아니면……."

투자귀신은 어느 쪽이 되었든 간에 시장이 꿈틀거리고 있다는 확신을 한 것으로 보였다.

만약 그렇다면 주항철도 가만히 있을 수는 없었다.

[나 : 물론입니다! 다만, 그 투자에 저도 끼워 주십시오]
[투자귀신 : 기꺼이요]

주항철은 스마트폰을 든 채 비서실장을 불렀다.
"이봐, 마 실장!"

§ § §

한결은 고영탁 대표에게 투자대상을 특정할 수 있는 목록을 요청했고, 30분 만에 자료를 받았다.
이제는 이 중에서 유망한 회사들을 골라서 투자하면 된다.
지하철을 타고 가는 동안, 한결은 고영탁이 전해 준 OEM 가능 회사들의 목록을 쭉 살펴보았다.
'아저씨도 두 눈 크게 뜨고 같이 찾아 줘요!'
-짜식이 이제는 귀신한테도 일을 시키네?
'서로 돕고 사는 거죠. 그리고 아무렴 나보다야 아저씨가 회사를 보는 눈이 더 낫지 않겠어요? 이럴 때야말로 혜안이 필요한 거잖아요!'
-크흠! 뭐, 그야 그렇지!
'자~ 그럼 어디 한번 같이 찾아볼까요?!'
-…이 새끼, 은근히 나를 조련하는 느낌이란 말이야?

'크크크!'

이 목록에서 노다지를 찾아낼 것이다.

GL전자와의 합작에 대한 한결의 대응계획은 이러했다.

관세 프리 대상 국가에서 위탁생산을 업으로 하는 중소기업들을 골라내고 전자, 디스플레이, 반도체 등 첨단산업에 종사하는 회사들을 찾아 집중투자하는 것이다.

그렇게 되면 브라질로 무관세 수출을 도모할 수 있으며, GL전자와의 거래로 투자대상들의 매출은 순식간에 올라갈 것이 분명했다.

한마디로 디스플레이가 팔리는 만큼 한결의 투자도 대박이 난다는 뜻이다.

목록을 훑어보던 한결의 눈이 번쩍 뜨였다.

'오!?'

-이열, 왕거니들이 아주 수두룩한데?

뜻밖에도 전망이 밝은 회사들이 많았다.

그것도 천하의 차상식이 관심을 가질 정도였다.

'대기업 ODM(제조업자 설계생산)으로 있었던 회사들도 꽤 많이 있는데요?'

-OEM(주문자 상표 부착방식)을 뛰어넘는 기술력을 가진 하이테크 중소기업이 즐비하다?

'아! 원래 경쟁력 높았던 회사들이 경제위기를 맞아서 하락세에 걸쳐 있나 보네요!'

-얻어걸린 것치곤 졸라 노다지인데?

'이 정도면 사실상 경제위기가 우리에게 큰 도움을 준 것이나 마찬가지 아닌가요?'

OEM이 주문자에게서 설계도를 받아 위탁생산만 해 준다면, ODM은 주문자가 요구하는 기술을 자체개발해서 설계와 생산까지 도맡아서 한다. 두 회사를 비교한다면 ODM 쪽에 부가가치가 높기 때문에 투자 메리트가 훨씬 크다고 할 수 있다.

'ODM 회사 중에서 지금 당장 디스플레이 핵심부품을 만들 수 있는 회사는 없어도, 일반부품이나 모듈 정도는 충분히 납품할 수 있을 것 같은데요? 일단 OEM으로 시작해서 자리를 잡게 만든 다음, ODM으로 전환해서 GL을 공략하는 전략은 어떨까요?'

-연계성 좋고, 투자 메리트 분석도 나쁘지 않네. 좋아, 심화과정으로 들어가 보도록 하자!

'심화과정이요?'

-여기까진 잘했어. 하지만 '조정'에서 망치면 인수합병은 그대로 물거품이 되는 거야.

모든 LBO에는 '조정'이 핵심이 된다.

경영쇄신, 구조조정, 재무조정 등, 기업을 재조정해서 합리화시키는 것이 LBO의 주된 목적이라 할 수 있다.

-조정의 핵심 키워드는 파괴라는 것을 배워야 해.

'재조립이 아니라 파괴라고요?'

―기업이 쇠락의 길을 걷는 데엔 다 이유가 있어. 그것을 파악하고 난 뒤에는 낡고 부식된 회사의 틀을 과감하게 부수고 쇄신을 시켜 줘야 한다는 거지. 네가 말한 재조립도 파괴를 가한 다음에나 가능한 것이고.

'아하!'

아직은 하나하나 배워 가는 단계이다.

한결은 차상식의 수업에 최선을 다해 집중한다.

'그럼 우선은 뭐부터 할까요?'

―일단은 GL과 투자대상들을 붙여 주는 것이 첫 번째 아니겠냐?

'음…… 그럼 저번 폐관수련 때 배운 걸 좀 써먹어 볼까요?'

§ § §

한결은 공 상무에게 GL그룹 관련 부품조달에 대한 기획안을 올렸다.

기획안의 골자는 부품의 해외 생산, 그리고 모듈화 부품의 브라질 상륙이었다.

"액정표시 장치와 디스플레이 모듈은 관세가 4.5% 차이가 난다?"

"한국과 브라질 간의 관세협약에서는 저 4.5%가 기존의 두 배 가까이 올라갔기 때문에 모듈화를 시켜도 제한사항이 생깁니다. 하지만 인도와 브라질은 얘기가 다르죠."

국제표준에 등록된 디스플레이 관련 HS코드는 258개고, 이 중에서 통상 대한민국이 가장 많이 수출하는 품목은 '디스플레이 모듈'이다.

한데 얼마 전까지 이 디스플레이 모듈에 대한 HS코드 표기가 명확하지 않아서 관세폭탄을 맞는 경우가 많았다.

한결은 폐관수련 당시 물류관리자들과 먹고 자면서 많은 것을 배웠는데, 최근에 HS코드가 새로 부여되었고 액정표시 장치보다는 디스플레이 모듈이 관세가 낮다는 것도 알게 되었다.

"부품을 조합, 모듈화시켜서 브라질로 보낸 뒤에 조립 과정을 거치면 인보이스 금액의 4.5%를 절약할 수 있습니다!"

"음! 그렇다면 자네의 말은, 남아시아에 있는 부품공장에서 브라질로 직항무역을 하자는 거네?"

"그렇습니다! 한국에서는 디스플레이 부품을 제작해서 브라질로 납품하는 것만으로도 이윤이 많이 깎이지만, 인도와 브라질은 얘기가 달라집니다."

"하지만 그렇게 하면 우리가 꽤 많은 시행착오를 거쳐야 할 텐데? 혹시 까먹고 있나 해서 말하는 건데, 우리에겐 남은 시간이 많지 않아."

거래처를 발굴하는 것은 무역회사에는 상당히 중요한 일이다.

하지만 그것만큼이나 중요한 게 공급처의 발굴이다.

비교적 저렴한 단가에 물건을 제공해 줄 회사를 찾는 게 결코 쉬운 일이 아니라는 소리다.

물론 한결은 그에 대한 해답을 이미 가지고 있었다.

"해외 31개 회사와 협약을 맺은 사모펀드가 있습니다. 그쪽에 줄을 대면 우리가 생산 최적화와 같은 영향력 행사가 가능할 것 같습니다만."

"사모펀드?"

한결은 공 상무에게 떡밥을 던졌고, 그는 잠시 고민하는 모습을 보였다.

하지만 공 상무는 결과만 만들어진다면 수단과 방법에 대해선 크게 개의치 않는 사람이었다.

"사람이건 원숭이건 간에 납품일자만 맞춰 준다면 무슨 상관이야? 알아서 해."

"넵!"

"다만 한 달 내로 생산 최적화를 만들어서 시행하는 조건이야. 잘못하면 우리 쪽에서 무조건 위약금 청구할 거고."

"알겠습니다! 그렇게 전하겠습니다."

"명심해, 이 계약 틀어지면 자네도 아웃이라는 거."

일단 주사위는 던져졌다.

이제부터는 열심히 드리블해서 골대까지 달려가는 일만 남은 것이다.

§ § §

엔젤투자협회에서는 주민정밀, 마빈화학 등 31개 회사에 대한 출자가 단행되었다.

그사이 한결은 IX인터와 IX홀딩스를 오가며 바쁜 나날을 보내고 있었다.

"팀장님, GL전자에서 보낸 총수요에 대한 데이터입니다. 검토해 주시면 감사하겠습니다!"

"그래요, 놓고 가요."

하루에도 수십 건의 보고서를 받고, 그것을 읽고, 실무에 반영해야 하는 팀장의 책무는 막중했다.

하지만 한결은 단 한 순간도 집중력을 잃지 않았다.

[수요예측 : +5.8%▲]

'수요예측이 6% 가까이 올랐다…. 그럼 우리의 수익은 얼마나 오를까요?'

―대기업 전체 수요 6% 상승이면 중소기업 매출은 거의 100% 이상 오른다고 봐야겠지?

'…대박!'

한결은 보고서를 정독한 뒤, 그것을 엔젤투자 관련 자료에 포함했다.

이젠 출자 회사들의 경영 최적화 과정을 밟는 일만 남았다.

'그나저나 이렇게 원격으로도 경영 최적화가 가능한 걸까요?'

―원래 투자자가 한마디 하면 실무는 관계 실무진이 알아서 하는 거야. 네가 그저 GP로서 지시를 내리면 나머지는 수족들이 움직이는 구조인 거지.

'흠! 그러니까 고영탁 대표가 내 수족을 자처하고 있다는 거고요?'

―네 수족처럼 굴어 주는 대신에 엔젤투자협회 전체의 이익률이 올라가고 고영탁 대표의 위신도 높아지고, 서로 상부상조하는 관계인 거야.

'아하!'

투자기획을 조정하고 있는데 메시지가 왔다.

[엔젤협회 마영준 간사 : 총출자금액 3,100억 규모로 투자금 지원했고 비상장 주식 및 전환사채로 전환되었습니

다. 그리고 귀하의 회사를 'AS컴퍼니'로 출자했고 채권매매 및 관리 허가도 받아 놨습니다]

[나 : 고생 많았습니다]

마영준 간사는 한결과 고영탁, 그리고 기업을 이어 주는 엔젤협회의 관계자다. 이 사람을 통해 당분간은 GP로서의 업무를 수행하게 될 것이었다.

'마영준 간사는 사람이 어때요?'

-성실하지. 믿음직스럽고. 나중에 만약 기회가 된다면 네가 반드시 스카우트해야 할 인재야. 비서실장으로 딱이랄까?

'오!'

뜻하지는 않았지만 마영준이라는 뛰어난 조력자가 생긴 것이다.

[엔젤협회 마영준 간사 : 출자회사 관련 자료들을 취득할 수 있게 되었습니다. 원하시는 참고자료가 있으시면 말씀해 주십시오]

[나 : 회사 재무 관련 자료들은 모두 보내 주십시오. 특히 관리회계는 **빼놓지 말고** 다 보내 주세요]

[엔젤협회 마영준 간사 : 오늘 저녁까지 완성해서 보내겠습니다]

OEM 회사들을 기용해서 프로젝트를 완수한다는 것이 최종목표이긴 하나, 결국 한결이 원하는 것은 바이아웃이었다.

재무구조를 쇄신하는 것이 첫 번째다.

'과연 재무효율은 어떨까요?'

-그야 뚜껑을 열어 봐야 알겠지.

한결은 회사 업무와 함께 바이아웃 업무를 동시에 처리하며 하루를 보냈다.

그러다 문득 시계를 보니 벌써 퇴근시간이 한참 지나 있었다.

자리에서 일어난 한결이 주변을 둘러보니 아직도 업무를 붙들고 있는 사람들이 많았다.

"다들 퇴근 안 해요?"

"아직 업무가 좀 남아서 말입니다!"

"얼른 퇴근들 해요!"

"아닙니다! 괜찮습니다!"

한결은 씁쓸하게 웃었다.

'…이젠 내 마음대로 야근도 못 하겠네. 난 회사가 더 편한데.'

-그 좁아터진 집구석보다야 IX홀딩스 특실이 훨씬 낫기는 하지! 인터넷도 졸라 빠르고!

'아놔, 자존심이 상하지만 너무 옳은 말이라 차마 부정

을 못 하겠네.'

―인마! 그러니까 이사 좀 가라! 뭔 아직도 좁아터진 방 구석에서 지지고 볶고 있냐?

'귀찮잖아요.'

―에라이, 젊은 놈이 벌써부터 늘어져선! 내가 집 하나 알아봐 줄게. 거기로 옮겨.

'귀신이 어떻게 집을 알아봐요?'

―에헤이! 다 아는 수가 있어.

'나 참, 그나저나 꼼짝없이 퇴근하게 생긴 각이죠?'

―꼰대가 아니시면 알아서 먼저 퇴근하셨어야죠~ 팀.장.님.

'…으윽!'

한결은 짐을 챙겨서 자리에서 일어섰다.

"자, 그럼 먼저 일어납니다!"

"네!"

"다들 푹 쉬고 내일 보자고요!"

안타깝게도 억지로 퇴근(?)을 할 수밖에 없는 한결은 터덜터덜 걸어서 지하철로 향했다.

당연하게도 지하철은 퇴근 인파로 붐벼서 발 디딜 틈조차 없었다.

지이이잉!

그런 와중에도 마영준의 보고가 올라왔다.

[엔젤협회 마영준 간사 : 자료 보냈습니다]

[나 : 늦은 시간까지 고생 많았습니다]

[엔젤협회 마영준 간사 : 자료 읽어 보시고, 만약 피드백 하실 부분이 있다면 바로 말씀해 주십시오. 저희들이 반영 가능한 부분을 검토해서 투자처에 내일 전달하겠습니다]

'잠을 안 자겠다는 건가?'

-속도전이라 이거지. GL전자 관련 수출업무라는 걸 알고 있으니, 최대한 타이트하게 일정을 잡아서 효율을 극대화시키려는 거야.

'이야, 사람이 참 괜찮네!'

-내가 그랬잖아. 마영준은 헤드헌터들이 노리는 영입대상 1순위라니까?

한결은 마영준이 보낸 자료를 하나하나 열람했다.

31개 회사의 자료를 모두 읽어 보고 나니 어느새 환승역에 닿았다.

객차에서 내려 다른 노선으로 갈아타는 와중에도 눈은 스마트폰에 고정되어 있었다.

'흠………… 전체적으로 새는 비용이 너무 많네요.'

-생산효율도 별로 안 좋지?

'네, 생산효율이 떨어지니까 품질도 저하되고, 그러면서 경쟁력도 점점 떨어지고. 악순환의 반복 아닌가요?'

이대로는 OEM 전략으로 관세를 제로로 끌어내리겠다는 계획을 수립한다는 것 자체가 불가능할 것으로 보였다.

'부품수급이 어려우니 아예 부품을 만들어서 수출하겠다는 건데, 이건 아예 부품을 만들어서 조달하기조차 어려운 실정이니……'

-아무래도 대대적인 구조조정이 필요할 것 같지?

'어떤 식으로 구조조정을 하는 게 효과적일까요?'

-하나만 알면 파괴와 조립은 간단해져. 그게 뭐냐? 돈 잡아먹는 하마.

'아하! 이사회!'

-그렇지!

파괴와 조립의 실마리를 잡은 한결의 두뇌는 미친 듯이 빠르게 돌아가기 시작했다.

거침없이 텍스트를 작성해서 전송버튼을 눌렀다.

[나 : 우선 직책 없는 이사진들 전부 해고하고, 쓸데없이 연봉이 높은 이사진들부터 제거합시다]

[엔젤협회 마영준 간사 : 그렇다면 내일 아침, 이사회를 조정하고 GP님께 보고 올리겠습니다]

'이제 AS컴퍼니가 행사할 수 있는 힘은 막강해졌고, 우리가 마음만 먹는다면 이사진 경질 정도야 일도 아니겠죠?'

―그래, 잘했어. 기본적인 틀은 일단 잡은 거야.

'이후에는 자금 누수만 막으면 되는 건가요?'

―이사회가 박살 나면 어차피 자금 누수야 금방 잡힐 거야. 문제는 그다음에 닥칠 일들이지.

'그게 뭔데요?'

―꼽사리.

§ § §

다음 날 아침.

새벽 조깅에 나선 한결의 발길을 잡은 건 스마트폰의 진동 소리였다.

지이이잉!

[엔젤협회 마영준 간사 : 어제 시간외거래 시장에서 우리 투자처들 중 코스닥에 상장되어 있는 회사들의 주가가 15% 올랐습니다. 그리고 비상장 주식들의 경우에는 비상장 매입 세력에 의해 20% 정도 주가가 오른 것으로 보입니다]

"…젠장! 그새 냄새를 맡고 날파리들이 꼬여 드네요!"

차상식이 말한 '꼽사리' 문제가 발생하기 시작했다.

하지만 차상식의 반응은 덤덤했다.

-바이아웃에 부스러기 떨어지는 일이야 당연한 거고, 일단 공격이 들어왔으면 방어부터 해야지.

"이런 경우에는 어떻게 방어를 해요?"

-간단해. 일단 이사회부터 정비하고 정관을 수정해야지. 그런 다음에 세력들을 살짝 털어 내 주는 거야.

"아하! 오늘 이사회 교체가 있다고 했나요?"

-그것만 순조롭게 끝난다면 큰 문제는 없을 거야.

"행여나 그게 아니라면요?"

-돈 날리는 거지, 뭐.

"윽!"

-크크, 인마! 이사회 정관만 수정하면 저것들이 뭘 하든 상관없어. 오히려 주가를 높여 주는 것에 감사해야 할 판이라니까?

"주가가 너무 고평가되면 곤란하지 않나요?"

-그거야 경쟁력의 한계가 명확할 때의 얘기고!

"아! 그렇지, GL전자!"

-어차피 오를 주가, 미리 올려 준다고 생각해.

차상식은 판을 크게 보고 운영하는 사람이다. 자잘한 진딧물 정도는 탈탈 털어 내고 가면 그만이라 생각하는 것이다.

더 뛰기는 무리라는 생각에 한결은 운동을 마치고 출근

길에 올랐다.
 지하철역 계단을 내려가면서 마영준에게 메시지를 보냈다.

 [나 : 정관 수정해서 경영권부터 방어하시죠]
 [엔젤협회 마영준 간사 : 이사회 의결권 보유 제한을 위한 정관 수정 및 상호 간 전환사채 교환이 가장 좋은 방법으로 생각됩니다]

 "지분교환으로 서로 백기사를 만들어 주자는 거겠죠?"
 ─흠…… 뭐, 그것도 나쁘지는 않은데, 일단 떨어져 나간 머릿수부터 채우는 게 관건이야.
 "떨어져 나간 숫자만큼 이사진들을 채워 넣어야 한다고요?"
 ─이사를 쳐내는 것도 쉽지 않지만, 교체된 이사진들을 다시 경질하는 일은 더 어려워.
 "아! 이미 경영권을 확보한 쪽의 이사진들 숫자가 더 많을 테니까요?"
 ─그래, 바로 그거야. 이사회도 결국엔 정치와 똑같아. 의석수에 따라서 권한의 크기가 달라지기 마련이거든.
 "그래서 아저씨가 그렇게 정치를 강조했던 거군요!"
 ─투자와 기업. 모두가 정치판이랑 다를 바가 없어.

"으음!"
한결은 마영준에게 다시 메시지를 보냈다.

[나 : 이 사진 교체하고, 빈자리는 우리 쪽 우호지분으로 채웁시다]
[엔젤협회 마영준 간사 : 잠시 후에 이사회 결과가 하나씩 나올 테니 조금만 기다려 주시지요]

메시지를 다 보내 놓았을 때쯤, 지하철이 도착했다.
스마트폰에 시선을 집중한 채 지하철에 오를 때였다.
"저기……."
"……?"
누군가 한결에게 말을 걸어왔다.
뭔가 싶어서 고개를 들어 보니 매우 뜻밖의 얼굴이 보인다.
"맞지? 신한결."
"유미연?!"
"와! 한결아, 이런 데서 다 만나네!"
"어어…… 그래, 반갑다."
무척이나 오랜만의 만남이지만 결코 어색하지는 않았다.
-아! 쟤가 그 두 번째 여왕벌이야? 이야! 페이스부터 몸매까지 뭐 하나 빠지는 게 없는데? 화장기 없이 저 정도 비

주얼이면 어지간한 모델 저리 가라 아니냐?

'…이건 진짜 너무나도 뜻밖의 만남인데? 쟤가 원래 2호선을 탔었나?'

-그걸 네가 알았으면 무당을 했겠지. 아니면 스토커였거나.

'에이, 스토커는 너무 갔어요. 아무튼 간에 쟤가 나를 수상한 제보자라고 생각하면 어떡하죠?'

-그럼 저쪽도 돗자리 깔아야지, 뭐! 큭큭큭!

한결은 혹시나 하는 마음에 최대한 대범하게 행동했다.

"이게 도대체 얼마 만이냐? 한 6~7년쯤 됐나?"

"너 군대 간 뒤로는 처음이니까 그보다는 더 됐을걸?"

"그랬던가?"

"요즘은 어떻게 지내? IX홀딩스 다닌다는 얘기는 들었는데."

"맞아, IX홀딩스 다녀. 너는 기자생활하고 있겠네?"

"한강일보. 혹시 제보할 거리 있으면 연락하고."

그녀는 한결에게 명함을 건넸다.

한데 순간적으로 한결은 손을 멈칫거렸다.

'…아참, 내가 명함을 주면 의문의 제보자였다는 게 뽀록나는 거 아니에요?'

-아니지! 그때는 보이스챗으로 대화했었잖아.

'맞다, 그랬었지!'

―아, 나도 순간 깜짝 놀랐네!

'큭큭큭! 스릴 있고 좋잖아요?'

―미친놈, 큭큭큭!

웃으며 명함을 건네주려는데 유미연이 그런 한결을 물끄러미 바라보았다.

"왜? 내 얼굴에 뭐 묻었어?"

"음…… 뭔가 묘하게 닮았단 말이야."

"뭐가?"

"너 혹시 투자 같은 것도 하고 그러니?"

유미연의 감각은 역시 날카로웠다.

하지만 한결은 아직은 정체를 들킬 생각이 없었다.

"예전에 해 보긴 했지. 근데 그건 왜? 너도 해 보게?"

"요즘 폰지사기가 유행이라서 물어봤어."

"아? 아아, 몇조 원대 폰지사기 뭐 그런 거 말이야?"

그녀는 고개를 가로저었다.

"아니, 요즘에는 규모가 작은 점조직들도 많이 활동한대."

"그래?"

"아무튼, 조심해! 요즘 한강물 차다더라."

"…아하하! 뭐 그런 농담을."

"그럼 난 이만 가 볼게."

뜻밖의 만남에 간담이 서늘했지만, 다행히도 아무 일 없이 지나갔다.

'휴우…… 괜히 찔려서 혼났네!'

-크크, 너도 긴장이라는 걸 하긴 하냐?

'이상하게 거짓말은 잘 못하겠더라고요.'

-아직 머리가 덜 커서 그렇단다. 연애를 해라, 연애를!

'이거랑 연애랑은 아무 상관 없거든요?!'

무사히 지하철이 역삼역에 도착했다.

바로 그때쯤, 스마트폰이 울렸다.

지이이잉!

[엔젤협회 마영준 간사 : 큰일입니다. 31개 회사 중 1/3 가량의 이사진 교체가 불발될 것으로 보입니다]

'…이런 씨부랄?!'

제6장
귀신에게서 배우는 노련함

이사진 교체가 불발된 이유는 간단했다.

과반을 차지할 수 있을 것이라고 생각한 회사의 이사회 정관이 투자금 유입 바로 얼마 전에 수정된 것이었다.

[엔젤협회 마영준 간사 : 일단 이사회들을 잠시 스톱시켜 놓습니다만, 잘못하면 다음 달로 이사회 안건이 넘어갈 수도 있겠습니다]

'와! 제대로 물렸네! 그나저나 이상하네요. 보통의 이사진들이라면 100억대 투자를 받기 위해서라도 이사회 정관은 수정하지 않을 거잖아요?'

-당연하지. 만약 이렇게 뻗대다가 투자금 유출되면 그냥

망할 테니까.

'뭔가 꿍꿍이들이 있다는 건가?'

머리가 아파 온다. 뭔가 뾰족한 수를 찾지 못한다면 GL전자와의 계약은 그대로 파기될 판이다.

차상식은 빠르게 대처방안을 찾기 시작했다.

-보통 이럴 땐 작전주 세력이 작업을 들어오는 경우가 많거든? 그렇다면 답은 하나야. 저 새끼들보다 네가 더 많은 지분을 매입하는 것!

'하지만 그러자면 총알이 많이 모자란데요? 아직 채권 매각대금도 안 들어왔고요.'

-총알이야 만들면 되는 거고!

'으음!'

-만약 문제가 있다면 총알이 아니야. 도대체 어떤 새끼들이 치고 들어왔느냐의 문제이겠지.

머리가 아픈 가운데 이명선 대리가 한결을 찾아왔다.

그녀는 한결에게 IX인터와 상의해야 할 사안들이 담긴 보고서를 건네주었다.

"오늘 외근 있으십니다."

"아, 맞다! 내가 요즘 정신이 없네요."

그러고 보니 오늘은 IX인터로의 외근이 잡혀 있었다.

이명선은 별일을 다 보겠다는 듯이 고개를 갸웃거렸다.

"팀장님께서도 깜빡하는 일이 있으신가요?"

"GL전자 협력사 경영 합리화 때문에 좀 그랬네요."

"그럼 IX인터로 외근은 제가 다녀올까요?"

보고서에는 디스플레이 수출입 방안에 대한 관세계획 수립이라는 핵심과제가 적혀 있었다.

한결이 처리해야 할 가장 중요한 사안이었다.

"아니요. 괜찮아요. 내가 다녀올게요."

"정말 괜찮으신 거 맞죠?"

"그럼요!"

이명선은 옷걸이에 걸려 있던 한결의 양복과 코트를 입기 편하게 펼쳤다.

"입으세요."

"아, 고마워요!"

"저희들은 어떤 순간에도 팀장님을 믿습니다. 실패해도 최선을 다했다면 후회는 없고요. 그러니 너무 부담 갖지 마세요."

-크흐! 진국이다! 딱 색싯감인데, 그치?!

한결은 오늘도 역시 주책을 떠는 차상식을 가볍게 무시했다.

"고맙습니다. 덕분에 힘이 나네요."

"잘 다녀오시고, 내일 다 같이 점심이나 같이 드시죠."

"네, 그래요! 다녀올게요!"

마치 돌아올 곳이 생긴 듯, 마음이 절로 든든해진다.

그러자 한결은 다시 한번 절치부심하게 되었다.

'…그럼 일단 총알부터 구해 볼까요?!'

-기가 다시 살아났네? 역시 남자 기 살려 주는 건 안사람뿐이라니까~

'에헤이, 또 옆길로 새네!'

-큭큭큭! 야, 그나저나 그 총알 건은 걱정할 필요 없어.

'엉? 왜요? 아직 채권 판매대금 들어오려면 멀었는데?'

-내가 알아서 해 줄 테니까 걱정 마.

'아저씨 돈으로 해 주시려고요?'

-아니, 내 돈이 움직이면 위험해. 나중에 차례대로 하나씩 인수해서 가지고 가야지, 지금은 건드리면 안 돼.

'그럼 어떻게 하시려고요?'

-인마, 우리에게는 엔젤협회가 있잖아!

'아!'

잠시 후, IX인터에 도착하니 로비에서 기다리고 있는 황부장이 보였다.

"어이, 신 보스!"

"부장님!"

"자네가 온다는 소식을 듣고 내가 버선발로 달려 나왔다는 거 아니야!"

"아이고, 그러실 필요 없는데!"

"아침 아직 안 먹었지? 구내식당에서 오늘 황태해장국을 준다네? 한술 뜨면서 얘기하자고."

"그러시죠!"

IX인터 구내식당에서는 접대를 뛰어야 하는 영업사원들을 생각해서 아침마다 속풀이용 해장국이라든지 부드러운 죽 종류를 준비해 놓는다.

황 부장과 한결은 나란히 앉아서 황태해장국으로 속을 달래 주었다.

"크흐, 뜨끈하다! 그나저나 오늘은 어쩐 일이야?"

"관세계획 수립방안을 재정비하려고요!"

"아, 그래? 그럼 이따가 나랑 같이 관세사들한테 가자고!"

"네, 알겠습니다."

"아참, 그 소식 들었어? 이번에 IX홀딩스 이사회에 부회장님이 참석하신다고 하더라고?"

"부회장님이요? 그동안 칩거하고 계신다고 하지 않으셨어요?"

"뭔가 대단한 사안이 걸려 있나 본데, 아직은 뭐가 어떻게 될지는 잘 모르겠어. 아무튼, 그런 일이 있다고 알려 주는 거야!"

한결은 얼마 전에 들었던 IX인터의 대표이사 해임 건과 뭔가 관련이 있는 것이 아닌가 하는 생각이 들었다.

'그쵸? 대표이사 해임 건.'

귀신에게서 배우는 노련함

-음…… 뭐 그럴지도 모르지.
뭐가 되었든 간에 IX홀딩스에는 심상치 않은 바람이 불고 있다는 것은 확실해 보인다.

§ § §

IX인터에서 볼일을 다 마친 한결은 IX홀딩스로 돌아가기 위해 지하철로 향했다.
지이이잉!
개찰구를 지나려는데 스마트폰이 울렸다.
"드디어 이사회 소식이 당도한 건가?!"
-흠, 과연 마 간사가 어떻게 처리를 했을지 궁금하네?
한결은 당장 스마트폰을 열어 결과를 확인해 보았다.

[엔젤협회 마영준 간사 : 이사회 중간에 긴급 안건 상정시켜서 일단 표결은 일주일 뒤로 연기시켰습니다. 하지만 표결이 쉽지는 않을 것 같습니다]

"이야! 이사회 연기까지 끌고 가다니!"
-마 간사가 역시 능력이 좋기는 해!
그야말로 기적과도 같은 일이었다.
하지만 그래 봐야 상황을 뒤로 미뤄 둔 것에 불과하니 판을 뒤집지 않으면 무의미한 일이 될 뿐이다.

"그나저나 아저씨가 총알을 어떻게 구하든 간에 장전까지는 시간이 꽤 걸릴 텐데……. 뭔가 좋은 방법이 없을까요?"

─시간을 끌 수 있는 방법이 아주 없는 건 아니지.

"그게 뭔데요?"

─금감원을 움직이는 거야.

"우리가 금감원을 어떻게 움직여요? 일부러 죄를 지으면 몰라도."

─뭐하러 우리가 죄를 지어? 대한민국에 죄지은 놈들 천지인데!

"아, 뭐 그렇기는 한데……. 증거가 없잖아요."

차상식은 회심의 미소를 지었다.

─증거야 찾으면 있지. 인천에!

"아! 맞다! 안성중공업!"

AIB에서 확보한 안성중공업의 재무자료가 이미 창고로 배달되었다고 했다.

아무리 깔끔하게 정리를 했다곤 하더라도, 한결이 워낙 기가 막힌 타이밍에 회사를 먹어 치웠기 때문에 미처 꼬리를 자르지 못한 것도 분명 존재할 것이었다.

한결은 재빨리 인천행 지하철에 몸을 실었다.

"그나저나 창고는 어디 있어요?"

-인천항. 내가 길을 알려 줄게.

지하철로 인천항에 도달한 한결은 차상식의 안내에 따라 항구 깊숙한 곳에 있는 상가에 닿을 수 있었다.

휘이이잉!

다소 을씨년스러운 바람이 불어오는 곳이다.

당장 어제 살인사건이 터졌다고 해도 전혀 이상할 것이 없는 곳처럼 보였다.

"…귀신이라도 나오게 생겼는디? 이런 데다 무슨 물건을 맡겼다고 그래요?"

-내가 그랬잖냐. 네가 TV에서 보던 거랑은 많이 다르다니까?

"아니, 그래도 그렇지, 이건 좀……."

인천항에 이런 후미진 상가가 있다는 얘기도 처음인지라 한결은 그저 좀 놀라울 따름이었다.

-아무튼, 웹하드 접속해서 인증서 꾸러미 좀 찾아봐.

"인증서요?"

-저기 들어가려면 인증서가 있어야 하거든.

"분위기랑 다르게 꽤 최신식이네요?"

-인마, 잔말 말고 일단 찾기나 해!

한결은 차상식의 말대로 인증서를 찾아냈다.

[보안인증서 : OTP인증서]

-OTP는 쓸 줄 알지?

"그럼요."

-4층 11호로 가면 돼.

한결은 차상식의 말에 따라 4층에 있는 11호 앞에 섰다. 그러자 까만색 키패드가 하나 달랑 달린 철문이 보인다.

"여기다가 OTP 번호 넣으면 되는 거예요?"

-잘 눌러. 잘못하면 가드들한테 총 맞는다.

"…뭐 이렇게 극단적이래?"

키패드에 OTP 번호를 누르자 철문이 열렸다.

철컹!

드디어 차상식의 창고가 모습을 드러냈다.

대략 50평 정도 되는 공간이지만, 사방이 단단한 콘크리트로 꽉 막혀 있어서인지 답답하게 느껴졌다.

그런 방 한가운데에는 은색 슈트케이스 하나와 PP박스 몇 개가 놓여 있었다.

"와! 이건 뭐, 탱크가 밀고 들어와도 걱정 없겠네! 뭐 이렇게 무식하게 튼튼하게 지었대요?"

-아마 대한민국에서 제일 안전한 창고일 거야. 핵폭탄이 떨어져도 견딜 수 있다고 하더라.

"아니, 튼튼한 건 둘째 치고 이런 방을 왜 수백억이나 주고 샀어요?"

-이 안에는 뭘 맡기든 자유야. 화주의 프라이버시는 물론이고, 이곳에 맡긴 것은 목숨 걸고 지켜 주지.

귀신에게서 배우는 노련함 153

"뭘 맡기든? 사람도요?"

-당연하지.

때론 서류 한 장에 수천억이 오가기도 하는 것이 투자시장이다.

완벽하게 보안이 되는 방 하나에 수백억이면 싸게 먹히는 것인지도 모른다.

-아무튼 간에 일단 서류부터 좀 보자. 저 PP박스 안에 들어 있을 거야.

"그런데 관리인은 도대체 뭘 믿고 저 서류들을 안에 들여 준 거예요?"

-여기 진짜 주소를 아는 사람은 나밖에 없거든.

한결은 차상식의 말에 따라 박스를 열어 보았다.

박스 안에는 회계장부부터 재무제표 등, 회사를 운영하는 데 필요한 기본적인 것들이 들어 있었다.

한결은 공식서류들은 대충 바닥에 던져 버렸다.

"30억이나 주고 얻은 서류치곤 쓸모가 너무 없는데?"

-기다려 봐. 뭔가 더 있을 거야.

"아저씨는 마치 이 박스 안에 뭐가 있는지 아는 것 같네요?"

-어! 저거 뭐냐?!

철저하게 계획된 듯한 행동에, 뭔가 잔뜩 기대까지 하고 있는 차상식의 모습에 묘한 위화감이 생겼다.

한결은 그 행동의 저의가 뭔지 궁금했지만 티를 내지 않고 차상식이 가리키는 곳으로 손을 뻗었다.

[채권종합 관리대장]

"채권정보?"
-한번 열어 봐!
차상식이 살짝 흥분한 모습으로 한결을 재촉했다.
약간의 의구심이 들었지만 한결은 장부를 열어 보았다.
"으음...... 회사채, 전환사채 같은 채권들이 잔뜩 있네요?"
-하, 새끼들! 꽁꽁도 숨겨 놨네!
"이게 뭔데요?"
-너, 무자본 인수라고 들어 본 적 있냐?
"LBO? 레버리지 바이아웃도 결국에는 자본 없이 인수하는 방식이긴 하잖아요."
-그것과는 많이 달라. 이건 흔히 폭탄 돌리기를 할 때 제일 많이 사용되는 방법이지. 예를 들어 시총이 900억인 회사가 있다고 치자. 최대주주는 손에 쥔 지분 15%를 인수 희망자에게 135억에 넘겨. 단, 매각대금이 입금되기 전에 주식을 미리 교부하는 거지. 그렇게 되면 최대주주는 손을 더 빨리 털 수 있고, 인수자는 은행에서 대출을 받아서 매수대금을 지불할 수 있게 되는 거야. 더러는 어음을 발행할

수도 있고 말이야.

"LBO랑 갈래는 같은 거 아닌가요?"

―갈래야 같지. 하지만 근본이 달라. 바이아웃은 회사의 규모를 키워서 이득을 챙기는 거고, 무자본 인수는 회사를 공짜나 다름없이 인수해 실컷 빨아먹을 거 다 빨아먹은 다음에 깡통만 팔아먹는 거야.

"사기를 치느냐 아니냐의 차이인 거네요?"

―그런 셈이지. 이 경우엔 특허권이라는 미끼를 가지고 채권까지 발행해 사기를 친 거고.

"아니, 잠깐! 잠깐잠깐! 아저씨는 처음부터 저 새끼들이 무자본 인수로 깡통회사를 굴려 왔다는 걸 알고 있었다는 것처럼 들리는데요?"

―인마, 그럼 내가 설마하니 아무런 확신도 없이 30억을 태웠겠냐?

"그렇다면 아까 이사회 교체에 실패했다는 얘기를 들었을 때도?"

―짜식아, 내가 니 싸부다! 뭣도 없이 그렇게 의연하게 굴었겠냐?

"와! 배신감 오지네?!"

―에헤이, 이놈이! 배신이라니. 이참에 다음 작전주도 좀 찾아보고, 제자 놈 골탕도 좀 먹여 주고! 다 그런거쥐!

"아오! 이 능구렁이 같은 노인네가 진짜!"

-새꺄! 아무리 그래도 노인네는 아니지!

투닥거리긴 했지만 딱히 감정이 담기진 않았다.

스승이 워낙 대단한 사람이니 스승이 뭘 해도 놀랍지 않았다.

다만, 한결은 앞으로 차상식이 저놈들을 어떻게 밟아 줄지가 궁금할 뿐이었다.

"그래서, 이걸로 뭘 어쩌시려고요?"

-말했잖냐, 금감원부터 움직인다니까?

"아?!"

-지금부터 내가 말하는 채권들을 잘 기억해 뒀다가 나중에 양 대가리한테 접근해서 혹시 은행에 채권 들어온 거 있나 확인해 봐.

"그것도 작전에 쓰려고요?"

-당연하지! 그러는 김에 부실채권 인수할 거 있으면 인수해서 담보 잡고 벤처캐피털 땡겨 오고! 시간 벌어서 타이밍 잘 맞으면 공짜로 회사 들어먹는 거지! 어때? 죽이지?

"…좋은데요?!"

§ § §

금감원 금융투자 부원장보 김태일은 금융투자검사국장 조성만에게서 이차전지 관련 작전주들에 대한 보고를 받았다.

그 내용은 가히 충격적이었다.

"무자본 인수로 작전주를 줄줄이 털고 있다고 합니다."
"…사건의 배후에 대해 알아낸 것은?"
"아직까지 주동자가 누구인지는 확실하지 않습니다만, 일단 확실한 제보는 들어온 것으로 압니다."
"확실한 제보라니?"
"안성중공업 관계자라는 사람이 등기를 보내 왔습니다. 채권관리대장이라면서요."
"내부고발이라……."

최근 금감원은 주식시장에서 벌어지는 주가조작 사기와 리딩방 사기 때문에 정신이 없었다. 그런데 여기에 무자본 작전주 인수사건까지 터지다니!

공정위에서 시중 은행들을 족치고 다니고 있는 데다 이차전지 사건으로 온 나라가 다 뒤숭숭한 상황이다 보니 그야말로 죽을 맛이었다.

"제기랄!"
"그나마 다행인 것은 주식시장 네임드라는 자가 일선에 나서서 피해를 수습하고 있다는 점입니다. 작전세력이 노린 주가상승, 옵션시장 등 개미들 등골 빼먹을 만한 투자 건수들이 줄줄이 다 나자빠졌다고 합니다."
"…네임드 한 사람이 그 엄청난 일을 해냈다고? 그게 누구인데?"
"개미왕으로 불리는 사람인데 엄청 유명한 네임드라고

합니다."

"개미왕? 어디 개미들의 왕이 한둘이야? 그놈의 개미 떼들은 왕을 매번 바꾸잖아?"

"아! 이 사람도 닉네임이 있습니다. 원래 주식시장 네임드들은 전부 닉네임으로 불리잖습니까? 활동명이 투자귀신이던데 말입니다. 아무튼, 신통방통하다네요."

순간, 김태일의 눈썹이 꿈틀거렸다.

"…투자귀신? 혹시 그 사람, 성공시대에서 활동하는 인물인가?"

"알고 계셨습니까? 하긴 워낙 유명한 사람이 되어 놔서 말입니다."

"그럴 리가… 없는데? 규섭이의……."

"예? 그게 무슨 말씀이십니까?"

"아니, 그보다, 그 정보 확실해? 그 투자귀신이라는 사람이 활동을 시작했다고?"

"네, 확실합니다만… 무슨… 일이라도?"

마치 귀신이라도 본 사람처럼 멍한 표정이 되어 버린 김태일은 이내 바로 정신을 차렸다.

"…착각이겠지."

"네?"

"아니야, 아무것도. 계속해 봐."

"아무튼 간에 그 투자귀신이 이번에 작전주의 핵심이었

귀신에게서 배우는 노련함

던 안성중공업을 인수했다고 합니다."

"망한 회사를 인수해? 어째서?"

"이유는 알 수 없습니다만, 저희들이 조사한 바에 따르면 그쪽으로 이스트 아시아의 자금이 드나들었을 것으로 추측됩니다."

"리딩방의 헤드가 굴리던 회사를 먹었다? 잠깐, 그럼 그 장부를 보낸 사람과 동일인물일 가능성도 있다는 거네?"

"그렇습니다. 그래서 당장 그쪽으로 치고 들어가야 할 것 같습니다만."

김태일은 당장 심규섭에게 전화를 걸었다.

시간이 제법 늦은 시간이지만 심규섭은 워낙 워커홀릭이라 아직 사무실에 남아 있을 것이었다.

-응, 태일이.

"아직 청에 있지?"

-맞아, 그런데 왜?

"이스트 아시아 센트럴, 드디어 꼬리를 잡은 것 같아."

-잡았어? 근거지는 어디래? 대표이사 신변은?!

"아직 그 정도까지 수사가 진척된 것은 아니고, 최근에 작업 쳤던 회사가 인수되었다는 소식이 들려왔어. 안성중공업이라고, 아마 자네도 알 거야. 워낙 사건이 크게 터져 놔서 말이야."

-그 주가조작 사건에 연류되어 있는 중공업 회사?

"맞아! 그 회사. 이스트 아시아 쪽에서 주식시장 네임드에게 뒤통수 맞고 삼십육계 줄행랑을 놓은 모양이야."

-그럼 안성중공업을 파 보면 뭔가 나올 수도 있다는 뜻이네?

"우리가 조사한 바에 의하면 자금교류도 있었다고 하니까, 아무래도 그렇지 않을까?"

-오케이, 좋았어. 내일부터 당장 실행에 옮기도록 할게. 고마워, 태일이!

"아… 그리고 말이야."

-응? 왜?

"…투자귀신이 돌아왔어."

-뭐?

"맞지? 자네가 얘기했던, 그 형님."

-맞아… 투자귀신.

"안성중공업의 최대주주가 바로 투자귀신이라고 하더군. 내 착각인지는 모르겠는데 성공시대에서 활동하는 네임드라고 하더라고."

-그럴 리가… 없잖아?

"내 생각도 그래."

-고마워. 일단 내가 자세하게 알아볼게. 그러니 자네는 이 일에 대해서 함구해 줘. 알겠지?

"그래, 그래야지."

심규섭과의 통화가 종료되자 김태일은 연신 고개를 갸웃거렸다.

"그럴 리가 있나? 어떻게 죽은 사람이? 진짜 귀신도 아니고. 에이, 아니겠지!"

그는 고개를 가로젓고는 바로 조사에 착수하기로 했다.

§ § §

한결 가벼운 마음으로 출근길에 오른 한결에게 좋은 소식들이 날아들었다.

[…다음 소식입니다. 금감원이 안성중공업 주가조작 사건과 관련해 내부고발자의 제보가 있었다면서 작전세력에 대한 대대적인 조사에 착수한다고 밝혔습니다…]

"브라보! 역시 노익장!"

-…노익장이라는 단어는 좀 거시기하다?

"큭큭큭!"

금감원이 움직이기 시작했다. 본격적인 수사에 착수하지도 않았는데 벌써부터 뉴스에서는 이 사실을 대서특필하며 대한민국 전체를 흔들어 대기 시작했다.

그러자 31개 회사들에서도 곧바로 반응이 왔다.

[엔젤협회 마영준 간사 : 과반이상 기권으로 이사회가 다음 주로 연기되었습니다. 만약 다음 주에도 기권하면 그대로 이사회 교체는 가결됩니다]

-봐라, 제 발 저려서 도망치는 거!
"와…… 아저씨 아직 쏴라 있네!"
-그거 나 지금 맥이는 거냐? 귀신한테 살아 있다니?
"낄낄낄! 아무튼, 그럼 이제 수금만 완료되면 게임은 끝나는 건가요?"
-끝? 아니지, 인마! 지금부터가 본게임인데! 당했으면 그만큼 갚아 줘야 인지상정 아니야?
"흐흐흐, 그건 그렇죠!"
지하철역에 들어설 때쯤, 양유진에게서 전화가 왔다.

[발신자 : 양유진]

-한결아!
"아이고, 시스터, 아침부터 어쩐 일?"
-너어는! 시스터 소리 좀 그만하라니까!
"아무튼 어쩐 일이야?"
-IX 쪽에서 협력사들한테 판다더니, 진짜 금방 팔렸네? 대금이 들어오면 너희 쪽에서 얘기한 계좌로 넣으면 되는

거지?

"그렇게 해 줘."

-어… 매매대금이 2,450억? 엄멈머! 많이도 나왔다, 얘!

채권판매대금은 생각보다 훨씬 더 많이 나왔다.

이 정도면 맨땅에서 돈을 파냈다고 해도 과언이 아니었다.

"정말 그러네?"

-얘! 다음부터는 우리 회사 매출로 좀 잡아 줄 수 있는 방향으로 유도 좀 해 봐! 응?!

"매매대금 들어오면 부실채권 원금 떼고 입금해 주면 돼."

-알겠어~

"아참, 그리고 유진아, 혹시 말이야 부실채권이 아직도 남아 있어?"

한결의 물음에 양유진은 당연하다는 듯이 답했다.

-그걸 말이라고 하니?! 부실채권 문제만 없어도 이 누나가 머리 아플 일은 없지 않겠어?

"음…… 그래? 그럼 혹시 내가 말해 주는 회사의 채권을 좀 구해 줄 수 있을까?"

-이름이 뭔데?

"대천화학이라고."

-어……잠시만. 지금 검색해 볼게.

잠깐 혼잣말과 함께 키보드 두드리는 소리가 들리는가 싶더니 바로 답이 돌아왔다.

-있네! 대천화학. 이거 사려고?

"응! 내가 살 테니까 좀 빼놔 줄래?"

-알겠어~

대천화학은 차상식이 일전에 한결에게 매입하라고 지시한 채권이었다.

-그럼… 어쨌든 매매대금은 나흘 뒤에 입금되겠네.

"오케이, 나흘! 그래, 고맙다! 내가 나중에 술 살게."

-또 말로만?!

"아니야! 진짜 살 거야!"

-좋아, 두고 보겠어!

완벽한 매각이었다.

"와, 씨! 대박!"

-크크! 그렇게 좋냐?

"부동산을 하한가로만 매도해도 650억 이득이라고요!"

-짜식이, 겨우 650억으로 호들갑은.

"이야! 이 장사 짭짤하네!"

-아무튼, 이제 총알도 장전됐겠다, 거하게 한 발 땡겨 봐야지?

"그럼요! 당연하죠!"

한결은 그 즉시 행동을 개시했다.

[나 : 나흘 뒤, 부실채권 매각대금이 들어올 겁니다. 이 매각채권을 바탕으로 엔젤투자협회에서 여신을 좀 받을 수 있을까요?]

[엔젤협회 마영준 간사 : 물론입니다. 자금의 행방만 알려 주시면 됩니다]

[나 : 이참에 31개 회사의 최대주주 좀 해 보려고요]

[엔젤협회 마영준 간사 : 알겠습니다. 바로 준비하겠습니다]

이제는 완벽하게 이사회와 경영권을 장학할 것이니 경영 정상화는 식은 죽 먹기다.

"새끼들, 맛 좀 봐라!"

―이건 예고편이고. 이제부터 본게임을 시작해야지?

"물론이죠!"

―저번에 인천에서 봤던 장부들, 전부 머릿속에 들어 있지?

"그럼요!"

―네가 저번에 말했었지? 모든 것이 패턴으로 보인다고. 저번에 장부를 뒤져 보니 아주 맛깔나는 먹잇감들이 몇몇 있는 것 같더라고? 그렇다면 너의 그 개코로 사냥감들을 콱 물어 죽일 수도 있지 않을까?

"오?"

차상식은 이 순간을 대비한 장부를 일부러 한결에게 보여 주었다.

호랑이가 새끼에게 사냥감의 피 냄새를 맡게 해 주려는 것처럼 말이다.

한결은 차상식의 '킥' 한 방에 지난번에 익힌 장부들의 숫자가 파노라마처럼 눈앞에 떠오르기 시작했다. 그리곤 그것을 일정한 패턴으로 분류했다.

이윽고 한결은 스마트폰으로 한 회사를 검색했다.

[검색어 : 럭키정밀]

"이게 좀 수상해요!"

-후후, 그래! 럭키정밀! 방금 전에 양유진이 말했지? 50억짜리 전환사채를 빼놓았다고.

"대천화학은 아저씨가 빼놓으라고 하지 않았어요?"

-그랬었지! 왜? 럭키정밀을 사냥하려고!

"사냥감은 럭키정밀인데 왜 대천화학을……. 아! 혹시 둘이 관계회사인 건가요?"

-그래, 인마! 아무튼, 이 모든 건 네가 사냥감을 픽하는 느낌부터 살려 보라고 일부러 그런 거야. 다음부터는 내 킥 없이도 알아서 잘 찾아낼 수 있겠지?

"넵!"

호랑이는 새끼에게 사냥법을 가르칠 때, 사냥감의 피 냄새에 먼저 익숙해지도록 한다. 그래야 사냥감을 추적하는 능력이 함양되기 때문이다.

바로 지금의 차상식처럼 말이다.

-이제 판은 짜 놨어. 사냥은 네가 하는 거야.

"…알겠어요. 그럼 이놈들 뒷조사부터 해 봐야겠네요?"

-그렇지!

방법을 가르쳤으니, 이제 사냥을 지켜보면 될 일이다.

차상식이 팔짱을 끼며 이죽거렸다.

§ § §

AS컴퍼니는 남아시아에 둥지를 튼 31개 중소 제조사의 최대주주가 되었다.

GP로 시작해 스스로 LBO의 주체로서 최대주주까지 역임하는 이른바 '역주행'을 펼친 것이다.

[엔젤협회 마영준 간사 : 대리인으로서 마빈화학 등 31개 회사의 이사회 교체를 확정지었습니다]

"오케이!"

더 이상 거리낄 게 없어진 한결은 그야말로 파죽지세로

기세를 이어 나갔다.

곧바로 마영준에게 각 회사의 출자내역을 보내 달라고 요청했다.

[나 : 최근 출자내역을 하나도 빠짐없이 아주 세세히 보내 주십시오]

[엔젤협회 마영준 간사 : 지금 보내 드리겠습니다]

[첨부파일 : 31개]

마영준의 행동은 아주 빨랐다.

한결은 그 행동력에 감탄하는 한편, 첨부파일 31개를 차례대로 열어 보기 시작했다.

PC로 다운 받은 파일의 커서를 아래로 내리면서 천천히 정독해 갔다.

-오늘은 제법 자세히 보네?

"냄새를 맡고 있는 거니까요!"

어떤 숫자든 간에 패턴으로 읽는 순간, 비슷한 종류의 차트는 스치듯이 보는 것만으로도 충분히 찾아낼 수 있다.

그렇게 파일을 검토하던 중 한결은 사냥감의 냄새를 잡아냈다.

"…맞아요, 이 새끼들. 안성중공업을 작업했던 놈들과 한패예요!"

-으흐흐…… 역시!

한결은 사냥감의 냄새를 맡자마자 먹이를 향해 매섭게 질주하기 시작했다.

현재 시장에서 이와 같은 패턴으로 가장 많은 사기를 치고 있는 세력들을 찾아내기 시작한 것이다.

그것을 찾아내는 것은 그리 어렵지 않았다.

"매입, 매도 패턴만 봐도 알 수 있어요. 웨스트 센트럴 인베스트먼트, 우리의 첫 번째 먹이가 될 겁니다!"

-웨스트 센트럴 인베스트먼트라. 그냥 이름만 들어도 졸라 사짜 냄새가 풀풀 나는구만!

"이 새끼들이 지금 럭키정밀을 물고 있어요. 몇몇 조력자들이 있는 것 같은데, 그 새끼들은 사냥을 하면서 천천히 찾아볼 생각이고요."

차상식은 만족스럽게 고개를 끄덕였다. 이제 한결은 자신의 진짜 능력을 각성하기 시작했다.

-그래, 이제 한번 물어뜯어 봐. 이리저리, 마음껏!

강남의 한 컨벤션센터에서 투자설명회가 열렸다.
 한 남성이 마이크를 잡고 폭풍처럼 말을 쏟아 내고 있었다.
 "…이 핫 스탬핑이라는 공법이 말입니다! 미국에서도 탐내는 완벽한 강판성형기법이라는 거 아닙니까?! 900도 이상의 높은 고온에서 강판을 가열한 뒤에 금형이라는 틀에 넣고 급속 냉각해서 모양을 잡는데 말입니다! 이제 또, 기존의 두께를 유지하면서도 가볍기도 엄청 가볍단 말이죠! 결정적으로 인체에 해로운 환경물질의 발생도 극히 적고요! 이런 기술, 우리 럭키정밀이 가지고 있단 말입니다!"
 최근 경량화가 추세인 친환경 자동차 시장에서 핫 스탬핑(Hot Stamping)은 대세 중에 대세로 떠오르고 있다.

이차전지가 미래 에너지로 향하는 길목이라고 한다면, 핫 스탬핑은 미래 철강시장으로 향하는 길목이라 할 수 있을 것이다.

남자는 이 길의 끝에 바로 '럭키정밀'이 있다며 목놓아 외치고 있었다.

"우리 럭키정밀과 함께하신다면, 여러분들의 앞날엔 꽃길만 펼쳐질 겁니다!"

한편, 이 장면을 실시간으로 중개하며 방송하는 BJ들도 있다.

[개미왕 투자의 전설!]
[접속자 : 800명]

―…형들, 봤어? 저게 바로 핫 스탬핑 기술이라는 거야! 죽이지 않아? 최근 대현자동차는 물론이고 독일 고급차 3사에 일본 애들까지 존나게 빨아 재끼는 기술이 바로 저 핫 스탬핑이라고! 자아, 잘 봐! 나 오늘 여기에 딱 3억만 걸어 본다! 이제 곧 미국 사모펀드 쪽에서 3,000억 투자 유치될 거고, 일본에서 한화 2조 원 투자받아서 군산에 가동 중단되었던 조선소 부지 사들여서 친환경 자동차 공단 강판성형단지 만든다고 했거든! 이것만 해도 대박 아니냐?! 그치! 내 말 맞지?!

'개미왕 투자의 전설!'이라는 인터넷 방송을 탄 럭키정밀의 주가는 하늘 높은 줄 모르고 치솟기 시작했다.

투자설명회가 끝난 뒤, 럭키정밀의 모회사인 '웨스턴 센트럴 인베스트먼트'에서 투자상담창구를 마련했다.

웅성, 웅성!

사람들은 상담창구에서 곧바로 계좌를 개설하면 투자를 진행할 수 있다는 설명을 들었다.

"…제가 얼마 전에 1억을 손해 봤거든요."

"시드머니는 얼마나 남으셨는데요?"

"한… 3천?"

"그 정도면 충분하세요! 군산 구 조선소 부지의 활용방안이 이제 막 시의회를 통과했거든요. 1억? 보름이면 복구됩니다!"

"…정말요?"

"네! 만약 못 믿으시겠으면 인터넷 검색하시면서 조금 더 공부를 하셔야 하는 거고요."

상담사는 고객에게 직접 스마트폰을 켜서 뉴스를 검색한 뒤, 기사를 눈으로 확인시켜 주었다.

[…떠오르는 군산, 중국의 큰손들이 움직이기 시작한다!]
[서해 랜드마크로 구 조선소를…]

"…어?!"

"저희들은 절대 거짓말 안 합니다! 사람들이 그럽니다. 도대체 요즘 누가 이런 오프라인 투자설명회를 개최하냐고요. 저는 확실하게 말씀드릴 수 있습니다. 자신이 있으니까, 믿음과 신뢰가 있으니까 오프라인 설명회를 개최하는 거라고요!"

"…역시!"

"저희의 완벽한 IR을 보셨고, 대표님의 프레젠테이션도 들으셨잖습니까? 요즘 온라인 설명회다 뭐다 하며 지껄이는 것들? 전부 사기꾼들입니다. 실체가 없으니 나서질 못하는 거죠. 저희는 그들과 다르기에 이렇게 당당하게 나선 거고요."

일말의 의심이 이제 서서히 확신으로 변해 갔다.

"…그럼 어떻게 하면 되는 겁니까? 계좌만 개설하면 끝인가요?"

"계좌 개설해서 저희 쪽으로 넘겨주시고 수익금 받으실 계좌번호 하나만 남겨 놓으시면 됩니다."

"수익이 바로 나와요? 남들은 1년에 한 번씩 준다던데…?"

"저희들은 매월 3일에 꼬박꼬박 수익금을 입금해 드립니다. 물론 현찰로요!"

"…아!"

상담사는 '웨스트 센트럴 인베스트먼트'의 투자위탁서비스에 가입한다는 계약서를 내밀었다.

계약서는 총 20장 정도의 많은 분량이었다.

"계약사항이 많네요?"

"네, 그럼요! 요목조목 꼼꼼히 약정하셔야 손해를 안 보시죠. 저희가 아무리 열심히 노력한다고 해도 손실이 발생할 수도 있는 거잖아요? 저희들은 그런 거 전혀 숨기지 않고 오히려 손실을 보상할 수 있는 손실책임보장제도를 운영 중에 있습니다."

"…손실보장?! 정말로요?!"

"요즘 유럽에서 한창 유행하는 제도 아닙니까? 하하! 저희들이 이렇게 고객님을 깍듯하게 모신다, 이겁니다!"

"음!"

"만약 레버리지를 원하신다면, 그것도 가능하니까 나중에 신청해 주시고요."

"…레버리지를 도와줘요?"

"하하, 그럼요! 저희들은 고객님들과 수익을 나누는 캐피털도 운영 중입니다. 주식을 담보로 레버리지를 하고 싶으시다? 당연히 해 드립니다! 무약정, 저리로 말이죠."

투자자는 당장 계약서에 서명부터 넣었다.

슥슥슥!

"잘 부탁드립니다! 제가 이런 건 잘 몰라서 불안했는데,

믿음이 가네요!"

"안 그래도 복잡한 세상, 투자까지 공부할 시간이 어디 있습니까? 공부는 저희가 할 테니 고객님들은 그냥 생업에만 열심히 종사하시면 되는 겁니다!"

"정말 감사합니다!"

"아이고, 별말씀을요! 살펴 가십시오!"

그렇게 속속들이 계약들이 체결되었다.

투자설명회가 끝난 직후, 진행요원들과 상담사들이 한자리에 모였다.

증권투자상담사들이 하나둘 담배를 꼬나물기 시작했다.

"후우… 씨벌, 호구 놈들이, 뭐 이렇게 따지는 게 많아? 야, 최 실장아! 내가 호구들 데려오라고 했지, 언제 꼰대들 데려다 앉히라고 했어?"

"에이, 형님! 원래 저런 꼰대들이 한번 뽕 가면 간이고 쓸개고 다 빼 주는 겁니다. 아시면서!"

"으흐흐흐흐! 그건 그렇지."

한참을 시시덕거리던 상담사들은 계약서를 챙겨 자리에서 일어섰다.

"오늘 오후부터 매수 들어간다. 계좌내역 관리 잘하고, 매수 타이밍 조절해 주고!"

"넵!"

"아참, 그리고 전환사채는 어떻게 됐어? 찾았대?"

"아니요, 아직 찾는 중이랍니다."

"하, 그 새끼들! 얼른 좀 찾으라고 그래. 그게 뭐 그리 어려운 일이라고. 어휴!"

"저희들이 알아서 처리해 놓겠습니다!"

"그래! 아무튼 간에 내일 파티에서 보자."

무려 일주일간의 투자설명회가 정리되었다.

이들의 손아귀에 들어온 계약서만 무려 700건이었다.

§ § §

인터넷 투자방송 플랫폼에서는 BJ들과 협업한 '여캠'들의 방송이 실시간으로 송출되고 있었다.

[개미왕 오빠와 합방♥]
[시청자 : 12,600명]

-실시간 시청자만 만 명이 넘는다고?

"이 여캠이라는 게 골수팬들이 다 남자거든요. 그래서 그런지 요즘 인터넷 사짜들이랑 합방을 꽤 많이 해 주더라고요?"

-저러고 또 지분을 받겠지?

"뭐, 그럴지도 모르죠."

―와, 씨, 세상 참! 허! 아니… 하! 진짜…….

"요즘 유명하잖아요. 여캠들이 증권사 직원들이라든지 투자전문가들 조회수 올려 주고 뒷돈 받는다고."

―우리 땐 그저 강남에서 싸모님들 낚아다가 제비들 몇 마리 붙여서 계좌번호 알아내는 게 최고였는데.

"에이, 호랭이 담배 피던 시절 얘기를 하면 어쩝니까? 첨단 21세기에!"

―…새꺄, 20세기의 여의도를 네가 알아? 응?!

이제는 주가조작도 스타일리쉬해졌고 스마트하게 진화했다.

―아무튼 간에 저 새끼들이 범인이 맞는다는 거지?

"그럼요! 이것 좀 봐요!"

한결은 차상식에게 인터넷에 떠도는 럭키정밀의 IR자료를 보여 주었다.

워낙 사방팔방에 IR을 뿌리고 다니는 터라 자료를 구하는 것은 손쉬웠다.

[우리의 미래, 대천화학!]

[…철강과 화학, 그 화합의 기술 35년! 대천화학과 함께합니다!]

[합작투자 자료 : 연간 투자비용 680억 원]

[최근 R&D 투자비용 : 총 590억 원]

-하! 대천화학!

"이게 바로 아저씨가 짠 판의 핵심이라는 거잖아요!"

차상식은 슬그머니 웃음을 지었다.

-맞아. 사냥의 첫걸음!

"그 첫걸음을 떼고 냄새를 맡고 추격을 하다 보니까 이런 게 보이더라고요?"

한결은 2차 수령 대기 중인 대진은행의 채권목록이 담긴 XL파일을 열었다.

그리곤 그중에서 'CS정공'이라는 셀을 클릭했다.

-CS정공? 이런 회사는 또 언제 추려 놨어?

"언제긴요, 저번에 자료를 넘겨받았을 때 미리 추려 놨죠!"

-…그 찰나의 순간에 말이야?

"물론이죠!"

차상식은 아주 만족스러운 표정이 되었다.

한 번 각성하기 시작하니 무서운 속도로 성장하고 있다는 것이 느껴지고 있는 것이었다.

"아무튼 간에 이 CS정공의 채권은 미리 빼놓으라고 하려고요."

-크크, 이걸로 재미있는 그림을 완성시키겠다?

"아저씨가 좋아하는 팝콘 좀 튀겨 놓을까 봐요."

-좋지, 팝콘!

한결의 이빨이 놈들의 목덜미를 향했다.

§ § §

 강남의 슈퍼카 전문 중고차매장을 찾은 젊은 청년이 있었다.

 그의 이름은 서중인.

 자신의 이름을 따서 만든 웨스트 센트럴 인베스트먼트의 대표이사이자 수석 펀드매니저였다.

 부르르르릉!

 "소리 죽이네?! 이건 얼마예요?"

 "이탈리아 L사의 프리미엄치곤 쌉니다. 3억 7천에 나와 있네요."

 "살게요! 현찰로 바로 쏠 테니까 영수증 처리는 좀 잘 해주세요!"

 "아이고, 그럼요!"

 서중인의 나이는 올해로 26세, 남들은 열심히 취업준비를 하고 있을 때 현찰박치기로 슈퍼카를 결재하는 어마어마한 씀씀이를 보였다.

 딜러가 계약서를 작성하는 동안 서중인은 전자담배를 입에 물었다.

 따르르르릉!

 요란한 스마트폰 벨소리가 울려 퍼졌다.

 "어, 그래, 나다!

-형님, 어디십니까?

"어디긴! 쇼핑 중이지."

-소식 들으셨습니까?

"뭔 소식?"

-투자귀신이 움직이기 시작했다는데 말입니다!

"…뭔 귀신?"

-주식시장 네임드 말입니다! 저번에 영중이네 리딩방 애들이 투자귀신 때문에 한 방에 쓸려 버렸잖습니까.

"아! 그 버러지 같은 새끼?! 그 새끼가 지금 움직인다고?"

-중국의 경기침체로 인한 강판수요가 급감하는 가운데, 브릭스 시장에 대한 우회 수출을 단행하고 있기에 한국 시장에서의 수요는 많지 않으며…….

"…뭔 소린지 하나도 못 알아먹겠으니까 알맹이만 씨불여. 그래서 대체 용건이 뭔데?"

-아무튼, 커뮤니티에 이런 논평을 써 놨다는데, 지금 투자자들의 반응이 심상치 않습니다. 형님, 이쯤에서 우리도 발 빼야 하는 거 아닙니까?

"아, 씨발!"

딜러는 서중인의 앞에 황금색 황소가 그려진 스마트키를 내려놓았다.

18K 순금으로 만들어진 황소의 자태가 그야말로 압도적

이라 할 만했다.

"…빼긴 뭘 빼, 이 븅신아! 닥치고 할 일이나 똑바로 해. 대천화학으로 투자금 잘 전달했어?"

-형님!

"날이 추워서 그런가, 귓구녕이 잘 안 들려? 투자금 전달, 했어, 안 했어?!"

-…했습니다. 이번에 350억까지 해서 총 620억 채워 놨습니다.

"그래, 그래야지. 아무튼, 거기서 4억만 빼서 내가 불러 주는 계좌로 쏴."

-예, 형님…….

서중인은 딜러가 적어 둔 계좌번호를 그대로 읊어 주었다. 한데.

-어? 형님, 계좌에 접근이 안 되는데요?

"그게 뭔 개소리야?"

-…이런 씨발! 대천화학의 경영권이 넘어갔다는데요?!

"뭐?!"

§ § §

럭키정밀에 대한 투자귀신의 첫 행보는 대천화학의 인수합병이었다.

"이것으로 620억은 우리가 먹었고, 럭키정밀만 인수하면 되는 건가요?"

-저것들도 진짜 어지간히 멍청하네! 아니, 어떻게 삥땅칠 회사를 굴리면서 정관방어를 하나도 안 해 둘 수가 있지?

"대표이사가 26세 반달이라잖아요."

-반달? 아! 반건달?

"투자의 투자도 모르는 새끼가 엉뚱한 놈들 데리고 사기나 치고 다니고 있으니, 지금까지 개털이 되지 않은 것만 해도 용할 노릇이죠."

-흠…… 그래도 작전의 프레임 자체는 그렇게 나쁘지 않아 보였는데.

"어디선가 어드바이스를 받은 것이 아닐까요? 이를테면 족보 같은 걸 돈 주고 살 수도 있는 거잖아요. 시장에 이런 비슷한 건수들이 몇 개 더 있는 걸 보면 거의 확실한 것 같아요!"

투자에 대한 지식이 정말 하나도 없다고 친다면, 절대 지금의 그림은 나올 수 없을 것이다.

일자무식의 실패한 전직 건달이 특허권 지분분할이라든지 채권이행과 같은 복잡한 체계를 알고 시행한다는 건 말이 안 되는 일이었으니까.

-이상하단 말이지…….

"뭐, 아무튼 간에 다음 작전은 이틀 후 아침에 시작하죠!"

-왜 하필이면 이틀 후냐?

"낚시를 하는 거죠."

-낚시?

"사냥감이 하나라면 모를까, 제 직감에 절대 하나가 아니라는 생각이 들었거든요."

차상식은 빙그레 미소를 지었다.

-느슨하게 긴장감을 풀어 줘서 아예 배후에 있는 조력자까지 잡아먹는다?

"게다가 이렇게 하면 괜히 희생당할 개미들도 줄어들 것이고요."

무자비함과 자비로움의 경계.

이것이 바로 신한결이라는 호랑이의 떡잎이었다.

"그럼 물밑작업부터 시작하죠!"

한결은 얼마 전 창고에서 찾아냈던 특허권 담보 채권에 대한 매입을 시작했고, 대진은행에서는 2차 물량 중에서 일부를 한결에게 매각했다.

그로 인해 한결이 지불한 돈은 한화로 130억 상당이었다.

"핫 스탬핑 특허인데 생각보다 싸단 말이에요? 채권으로 가격이 많이 깎여서 그런가?"

―할인이 많이 되기도 했겠지만, 이건 지분만 가지고 될 게 아니니까 그렇지. 원래 이 계열이 규모의 경제에 아주 대표적인 예라고 할 수 있거든. 기술력만 갖고 덤빌 수 있는 사업이 아니야.

"하긴 그건 확실히 그렇겠네요. 게다가 우리가 생각하는 자동차 생산에 사용될 만큼의 기술력도 아니고요?"

―그래, 그게 핵심이긴 하지. 아무튼, 그나저나 이걸로 뭘 어쩌려고?

"주가를 확 떨어뜨려야죠!"

―음?

§ § §

평범한 식당의 평범한 하루가 흘러간다.

따르르르릉!

'네, 윤이네 분식입니다! 김밥 두 줄이랑 라볶이 2인분이요! 네, 잠시만….'

아내가 주문을 받아 김밥을 싸면 남편은 그것을 잘 포장해서 손님에게 배달해 준다.

장사는 그럭저럭 먹고살 만했다. 딱히 욕심만 부리지 않는다면 두 부부가 힘닿는 데까지 열심히 일해서 노후에는 소일거리 정도만 해주면 그럭저럭 행복하게 살 수 있을 것이었다.

남편은 아내를 행복하게 해 주고 싶었다.

'우리도 노후에 작은 집 하나 짓고 농사나 지으면서 살까?'

'에이, 무슨 농사야? 죽을 때까지 김밥이나 말지 뭐. 난 지금 이 삶이 너무 좋아. 행복해!'

아내는 작은 것에도 감사할 줄 아는 고마운 사람이다.

그녀를 위해서라면 자신의 모든 것을 다 바쳐도 좋았다.

하지만…….

-…오세요! ……립니다!

"……."

-선생님, 119입니다! 난간에서 천천히 내려오세요!

"헉!"

눈을 번쩍 뜨는 남자.

그는 방금 짧은 꿈을 꾸었다.

절망의 끝에서 현실을 도피하기 위해 올라선 이 20층 건물의 옥상이 아닌, 진실한 사랑이 있는 삶이었다.

바로 어제까지의 소중했던 삶 말이다.

아내를 사랑하는 남편 충재.

애석하게도 그는 주식으로 20년 동안 모은 재산을 1억 넘게 날렸었고, 이번에는 남은 재산 3천만 원에 레버리지까지 끌어다가 3억을 꼬라박았다.

가족을 위한다는 마음. 그러나 그 사랑 뒤에는 욕심이라는 어두운 그림자가 서서히 뿌리내리고 있던 것이었다.

욕심의 말로는 실로 처참했다.

[AS컴퍼니의 고소장, 강남서에 접수되다!]
[시장을 뜨겁게 달군 핫 스탬핑, 알고 보니 반쪽짜리?]

주식시장에서는 흔하게 있는 법적 공방전이었다.

바이럴, 기믹, 고소, 맞대응……. 주식시장에 비일비재한 사건 중 하나일 뿐이었다.

하지만 이 흔한 사건은 충재의 인생을 한 방에 나락으로 떨어뜨리고 말았다.

레버리지로 투자한 주가가 한 방에 나락으로 떨어져 버린 것이었다.

"이건 꿈일 거야……. 맞아, 꿈이야!"

물론 강충재에게도 기회는 있었다.

고소장이 접수되기 전, 고소인은 커뮤니티에 이 사실을 대서특필하였다.

24시간 뒤에 강남서에 고소장을 제출할 것이라고.

이때까지만 해도 강충재는 굳게 믿고 있었다. 자신이 투자한 럭키정밀의 호재는 진짜라고, 주가가 절대 떨어질 리 없다고.

그것은 크나큰 착각일 뿐이었다.

"그때 손을 털었어야 했는데…………."

AS컴퍼니는 가차 없었다. 정확히 24시간이 지난 뒤에 소장을 접수해서 시장에 폭탄을 투하했다. 그리고 그 사실이 시장에 널리 퍼지면서 럭키정밀의 주가는 순식간에 15%나 하락하고 말았다.

그 이후, 고소장을 접수했다는 소식에 일반인 투자자들이 너 나 할 것 없이 주식을 던지기 시작했다.

그 결과, 강충재의 주식은 속절없이 곤두박질 쳤다.

"꿈은 개뿔! 그래, 죽자! 죽어!"

이젠 다른 길이 없었다.

아마 가족들이 생명보험이라도 수령하게 된다면 그나마 살아가는 데 보탬이라도 될 것이다. 자신은 몰라도 자식들을 빚더미에 눌려서 살게 할 수는 없는 노릇 아닌가.

따르르르르릉!

전화기가 야단스럽게 울려 댄다.

[발신자 : 마누라]

"…윤이 엄마, 나 이제 어쩌냐?"

평생 가정을 위해 헌신한 아내를 과연 무슨 낯으로 볼지 모르겠다. 그렇다고 여기서 그냥 이렇게 죽자니 아빠만 바라보는 두 딸이 생각나서 미치겠다.

"으흑흑!"

눈물이 왈칵 차오른다.

만약 신이 존재하고, 이번 한 번만 기회를 준다면 두 번 다시는 주식에 손 안 대고 착실하게 살아가리라 빌고 또 빌었다.

하지만 신은 없었다.

[신라신용보증 : 집행 -2일 전 채권자의 신청으로 인해 금일부로 고객님의 채무채권이 본사로 이관될 예정입니다…]

"…개새끼들!"

레버리지 채권을 신용보증에 넘긴 것이었다.

이제 빚은 죽을 때까지 그를 따라다닐 것이다. 아니, 죽어서도 그를 끝까지 쫓아다닐 것이 분명했다.

그는 이제야 뼈저리게 깨달았다.

주식이 이렇게 무서운 것임을 말이다.

"만약 기회가… 정말 한 번만이라도 더 주어진다면, 절대 주식에 손 안 대고 착실하게 살 건데…. 흑흑흑!"

스스로도 잘 알고 있었다. 투자를 권한 것은 사기꾼이지만 돈을 건 것은 자기 자신이었다는 것을.

누가 목에 칼을 들이댄 것도 아니었다. 욕심에 눈이 멀어 그만 인생을 팔아먹은 것이었다.

그 한순간의 욕심이 돌이킬 수 없는 나락으로 떨어뜨릴 줄은 몰랐다.

참회의 순간. 그것이 그의 인생 끄트머리에서 찾아온 것이었다.

바로 그때였다.

딩동!

MTS의 주식시황 분석기 알람이 울렸다.

[럭키정밀 : 5.99%▲]

"어?!"

종말적인 순간에 한 줄기 빛이 내려왔다.

눈이 번쩍 뜨인다.

떨리는 손으로 MTS를 바라보는 충재의 눈이 벌겋게 충혈되기 시작한다.

"…하, 한탕만!"

그 순간, 기적적으로 주가가 올랐다.

[럭키정밀 : 10.1%▲]

"아하하, 아하하하!"
순식간에 주가가 회복되었다.
-…조금만 더! 조금만!
누군가 귓가에 속삭이는 듯했다.
존버는 승리한다, 투자는 영원하다고 말이다.
바로 그때였다.
따르르르르릉!

[발신자 : 공주님♥]

"헉!"
그는 단숨에 주식에서 손을 털어 버렸다.

[매도주문 체결!]
[총수익률 : 0.99%▲]

 주가는 상승장이었기 때문에 주식을 던지자마자 아직도 정신을 못 차린 개미들이 쏜살같이 달려들어 주식을 매입하기 시작한다.
 결국 충재는 0.99% 이득을 보고 약간의 익절을 할 수 있었다.
 아마도 누군가는 아직도 욕심이라는 검은 짐승에게 잡아

먹혀 사망의 깊은 골짜기를 향하고 있을 것이다.

하지만 이제 충재와는 상관없는 일이었다.

-선생님! 내려오세요!

"…미안합니다. 두 번 다시는… 절대 이런 일 없을 겁니다."

그는 사랑하는 아내와 작고 소중한 공주님을 향해 현실로의 한 발자국을 내딛었다.

이제 그는 다짐한다.

절대 이 소중한 행복이 깨어지지 않도록 최선을 다해 지킬 것이라고 말이다.

§ § §

럭키정밀의 주가는 8,700원에서 1,200원까지 곤두박질쳤다.

초반에 손절한 개미들은 살아남았고, 그러지 못한 개미들은 수장당했다.

"딱 절반만 살아남았네요. 그렇게 경고를 했는데도!"

-너, 도박에 중독된 사람의 말로가 어떤지 알아? 거리에서 구걸해서 먹고살면서도 말밥 주고 칩으로 환전해서 포커에 날려 먹어. 그런 게 중독이라고. 네가 어떻게 한다고 될 게 아니야.

"…세상에 중독자가 그렇게나 많았나?"

―내가 매번 얘기했지. 세상이 아름답다고 다 평등하지는 않다고.

"……."

―명심해라. 네가 아무리 세상을 바꾸고 싶어도 될 게 있고 안 될 게 있어. 넌 선량한 사람들을 위해 살아가려는 거야. 저 중독자들 때문에 선량한 사람들까지 죽는다면, 그게 과연 옳은 일일까?

"…그건 그렇죠."

―인마, 그래도 저 중에 최소한 몇 명은 정신을 차렸을 거 아니냐? 안 그러냐?

"하긴!"

사냥은 성공적이었다.

천천히 사냥감에게 접근했고, 놈이 전혀 눈치 채지 못하는 찰나에 목덜미를 물어 한 방에 숨통을 끊어 버렸다.

하지만 여전히 한결에게는 씁쓸함만 남을 뿐이었다.

"그나저나 장 중간에 있었던 5.99%의 상승은 대체 뭘까요?"

―제3의 세력이 있었다는 뜻이겠지.

"아!"

―만약 네가 중간에 10%가 넘는 강력한 매수를 실행하지 않았더라면 인수권은 저쪽으로 넘어갔을지도 모른다는 뜻이야.

"우리가 10%를 매수하는 바람에 저쪽에서 바라던 목표 주가보다 고공행진을 해 버렸다는 말이죠?"

-맞아, 흔히 이런 그림은 M&A 시장에서 공격과 방어를 펼칠 때나 인수경쟁에서 나오는데 말이지.

"우리 말고도 다른 누군가가 작전주에 욕심을 내고 있었던 것일까요?"

-지금으로선 알 도리가 없지.

"흠……."

-뭐 아무튼, 그래서, 네가 팀을 둔 하루 동안 뭔가 수확은 있었어?

특허와 회사 매입에 들어간 돈은 약 250억 상당.

이제부터는 이것을 가지고 얼마나 많은 이윤을 창출할 수 있는지, 그것이 관건이었다.

물론 그 전에 해야 할 일이 있다.

"…먹잇감을 찾아냈죠!"

-오호? 먹잇감 좋지!

한결은 생각한다.

주식시장이 이 지경이 된 것은 나쁜 놈들이 너무 많아서라고 말이다.

"먹고, 먹고, 또 먹고! 그러다 보면 나쁜 놈들도 사라지고 아저씨의 복수도 할 수 있겠죠. 그렇죠?!"

-그래, 그러다 보면 어느새 정점에 올라설 수 있을 거다.

한결의 눈은 시장을 향했고, 그 눈빛은 어느새 사냥감을 향해 고정되어 있었다.

럭키정밀과 대천화학의 인수합병이 마무리되면서 AS컴퍼니는 총 35개의 계열사를 거느리게 되었다.

  [AIB 제임스 스와든 : 합병은 잘 마무리되었습니다. 관련 서류는 지난번 그 주소로 보내 드리면 될까요?]
  [나 : 네, 그렇게 해 주세요]
  [AIB 제임스 스와든 : 오늘도 저희 AIB를 이용해 주셔서 감사드립니다]

  출근길에 메시지를 받은 한결은 가만히 생각에 잠기다가 돌연 이런 질문을 던져 보았다.

[나 : 이번 인수전에 대한 평을 좀 들어 보고 싶은데요]

-객관적인 평이 듣고 싶은 거냐?
'아저씨 같은 양육자 말고 일반 투자관계자의 입장은 어떤지 궁금한 거죠.'
-하긴 그게 자기객관화에 아주 중요한 지표가 되기도 하지.
원래 팔은 안으로 굽기 마련이다. 게다가 차상식은 투자귀신 타이틀쯤이야 얼마든지 내던져도 상관없는 사람이기에 한결이 설사 개판을 쳐도 그러려니 할 것이었다.
하지만 시장의 현실은 그보다 냉정한 법이다.

[AIB 제임스 스와든 : 평은 잘 모르겠고, 평점을 드리자면 10점 만점에 3점 드리겠습니다]

'짜네, 저 양반. 투자귀신 체면이 말이 아닌데요?'
-그 새끼, 짜긴 진짜 짜네. 사냥은 좋았는데?
한결의 생각보다도 제임스 스와든의 평점은 박했다.
그래도 여기엔 한 가지 반전이 있었다.

[AIB 제임스 스와든 : …라는 게 시장에서의 일반적인 평가일 거고요. 저는 10점 만점에 10점 드리겠습니다]

[나 : 어째서 10점이죠?]

[AIB 제임스 스와든 : 투자귀신께서 그렇게 판을 엎어버리는 바람에 AIB 쪽에서 그동안 미수로 남아 있던 투자 관련 출자금을 일거에 회수할 수 있었거든요]

[나 : 이게 자금 회수랑 무슨 상관인데요?]

[AIB 제임스 스와든 : 지금까지 경기불황이라면서 손실금 뻥튀기하던 놈들이 지레 제 발 저려서 원금상환을 시작했거든요. 중앙지검의 압박이 두려워서 말입니다]

'아! 이게 의외로 다른 쪽 순기능도 있었네요?'

-크크, 소가 뒷걸음질 치다가 쥐 잡은 격이네! 하지만 뭐, 운도 실력이라고 안 하냐? 이것도 다 네 작품인 거지.

'와! 난 그저 삽질 한 번 했을 뿐인데!'

최근 대한민국의 경제는 그야말로 악화일로였고 경기회복이 거론되는 상황 속에서도 평년기준의 절반에도 못 미치는 유동성이 확보되었을 뿐이다.

한데 투자귀신이라는 메기가 튀어나오면서 찔끔거리던 유동성에 불이 붙어 버린 것이었다.

[AIB 제임스 스와든 : 저희 AIB는 귀하를 응원합니다!]

-크크크! 어쩌다 보니 AIB에게 해결사 노릇을 하게 되

었네? 이야, 앞으로 IB 쪽에서 군침깨나 흘리겠는데?

'허참! 이걸 좋아해야 하는 건지.'

§ § §

아침부터 IX홀딩스 사람들이 바쁘게 움직이고 있었다.

GL전자와의 계약을 이행할 시기가 된 것이었다.

인보이스부터 패킹리스트 등등 무역에 필요한 모든 것과 부품의 상태까지 점검하느라 눈코 뜰 새가 없었다.

"팀장님! 전화요!"

"어디랍니까?"

"삼선… 이라는데요?"

"어디요?"

한결은 자신이 잘못 들은 줄 알고 되물었다.

하지만 전화를 받아 보니 잘못 들은 것이 아니었다.

"네, 신한결입니다."

-GL전자 오준수 과장 소개로 전화 드립니다. 삼선전자 부품수급사업부 장영진이라고 합니다.

"…오준수 과장이요?"

사람을 미세입자 단위로 괴롭히던 사람의 이름을 들으니 뭔가 기분이 좀 묘해진다.

"험험! 네, 아무튼! 어쩐 일 때문에 그러십니까?"

―이번에 인도에서 브라질로 보내는 물류라인에 저희도 좀 낄 수 있을까 해서요.

"예?"

―듣자 하니 수완이 그렇게 좋다고 하던데 말입니다. 지금 협업 중인 31개 회사에 우리 OEM을 줘도 나쁘지 않을 것 같기도 하고요.

"진심이십니까?"

―네! 그럼요! 자세한 것은 상무이사급 중역끼리 회의해서 결정하는 것으로 하고, 일단 가격을 GL과 비슷한 정도로 맞춰 주실 수 있을지 알아보고 싶어서 말입니다.

"아, 네, 잠시만……."

한결은 일단 한숨 돌리고 생각을 정리했다.

지난번에도 덜컥 약속을 해 버리는 바람에 정말 개고생을 한 것이 생각났기 때문이다.

―큭큭! 천하의 신한결이가 쫄 때가 다 있어?

'과유불급(過猶不及)이라잖아요!'

―저번엔 진짜 졸라게 과유불급이 될 뻔했지. 오 뭐시기인가 하는 놈 덕분에 말이야. 큭큭큭!

'흠…… 그나저나 삼선전자 부품까지 우리가 맡을 수 있을지 모르겠네요.'

―IX인터 말이야?

'아니요, 우리 계열사들 말이에요.'

-그야 담당자에게 직접 물어보면 되지?

한결은 전화를 보류해 놓은 상태에서 엔젤협회 마영준 간사에게 문자를 보냈다.

[나 : 삼선전자에서 부품생산 OEM을 의뢰하고 싶다고 했다는데, 가능할까요?]

[엔젤협회 마영준 간사 : 현재 물량보다 최대 두 배 이상 수용 가능합니다]

마영준은 그야말로 칼답을 주었기 때문에 한결은 늦지 않게 통화에 응할 수 있었다.

"일단 협력업체들은 모두 가능하다고 합니다."

-그럼 얘기 끝났네요! 계약하실 거죠?

"아…… 네, 뭐! 상무님들께서 결정하시면 저희들은 즐거이 따르겠습니다."

-좋습니다. 그럼 조만간 계약 때 뵙겠습니다!

전화를 끊은 한결은 약간 멍해진 표정이 되어 버렸다.

'와, 이게 도대체 무슨 일이지? 설마 저번에 결혼식을 올린 게 정말 동맹의 의미였단 말인가?!'

-이제 보니 알겠네. 쟤네, 지금 인도에 살림 차리려는 거잖아, 스마트폰 생산기지!

'아?!'

―아이플이랑 삼선이랑 지금 한창 지분 다툼을 하고 있을 거거든, 남아시아에서 말이야. 그렇다면 말이 된다는 거지.
'우와! 이거야말로 초대박 아니에요?!'
―큭큭! 이야, 우리 꼬맹이 금방 부자 되겠는데?
대박이 넝쿨째 굴러들어 왔다.

§ § §

공 상무는 한결이 가지고 온 보고서를 읽으면서 만족스러운 표정을 짓고 있었다.
"생산단가 5% 절감이라니? 제법인데."
"마침 경기하락 시기에 쌓여 있던 부실채권들이 쏟아져 나온 덕분입니다."
"그럼 초도물량은 어디서 출발하는 거야?"
"방글라데시입니다."
보고서를 거듭 읽어 보며 피식피식 실소를 흘리는 공 상무.
"나 참, 총 10% 단가절감이라니. 허!"
"그나저나 삼선 건은 어떻게 되었습니까?"
"아! 그거? 당연히 하기로 했지. 이것 참, 내가 어지간해서는 칭찬을 잘 안 하는데 말이야. 잘했어."
"감사합니다. 그럼 이 정도면 공가스쿨 학점 몇 점이나 주실 수 있으십니까?"

"B+."

"…어! A+가 아니고요?"

"겸손하라는 의미에서 한 점 깎았어."

"아!"

-큭큭! 어째 조련하는 방식이 나랑 비슷한데?

한결은 공 상무에게 보고서를 제출하곤 곧바로 자리로 돌아가려 했다.

한데 공 상무가 한결을 붙잡았다.

"올해가 며칠 안 남은 건 알고 있지?"

"물론입니다."

"내년 초에 IX홀딩스에 전체 승진심사가 있어. 이사회에서 만장일치로 자네를 부장으로 승진시키기로 했어."

"…부장이요?! 제가 말입니까?"

"회사 내 차장들에게 전부 의중을 물어봤거든? 도대체 누가 부장으로 승진하는 게 좋겠는지. 그랬더니 하나같이 자네를 꼽더군."

얼마 전까지만 해도 IX홀딩스에서 굴러온 돌 취급을 받았던 한결에 대한 평가는 그야말로 상전벽해 수준으로 달라져 있었다.

"능력이 좋은 사람은 어디를 가든지 주목을 받게 되어 있지."

"아! 정말 감사합니다!"

"만약 자네만 좋다면 기존의 투자연결팀을 무역투자통합관리부로 승격시키고 싶은데 말이야. 어떻게 생각해?"

"저희 팀원들만 함께할 수 있다면 어찌 되든 좋습니다!"

"오케이, 그럼 자네의 의중은 충분히 알아들은 것으로 할게."

"감사합니다!"

거듭 고개를 숙인 한결은 웃으며 상무이사 집무실을 나왔다.

그리곤 화장실로 달려가 문을 잠근 뒤 변기 뚜껑을 내리고 앉았다

혼자서 어퍼컷을 하고 마구 쾌재를 부르는 한결.

'…아자, 아싸! 으흐흐!'

-신 부장! 이율, 간지 좀 나는데?!

'간지가 문제가 아니죠!'

-에엥? 그럼 뭐가 문제인데?

'투자금! 크흐! 그게 돈이 얼마야?!'

차상식은 살짝 어이가 없다는 듯이 피식 웃었다.

-그래, 너도 이제 슬슬 미쳐 가는구나! 뭐, 그게 꼭 나쁜 것만은 아니니까!

과연 지금 투자한 기업의 가치가 1년 후에는 얼마가 될지 자못 기대가 된다.

실컷 쾌재를 부르며 흥분을 털어낸 한결은 곧장 사무실로 향했다.

사무실에선 한껏 고무된 표정의 팀원들이 기다리고 있었다.

"…팀장님! 전체 승진이랍니다!"

"정말요? 축하해요!"

"대리들은 과장승진, 사원들은 대리승진! 이게 다 팀장님 덕분 아닙니까?!"

"에이, 어떻게 그게 내 덕분입니까? 우리가 다 함께 열심히 한 덕분이지."

"그럼 오늘은 거국적으로 한잔할까요?"

"좋죠! 내가 쏠 테니까 회식이나 한번 합시다!"

역시 좋은 날에는 술이 빠질 수 없다.

-난 소주!

물론 회식에는 귀신도 함께한다.

§ § §

늦은 밤.

제니스 캐피털의 대표이사 집무실에서는 로한나 쿠스버트가 열정을 불태우고 있었다.

똑똑.

인기척을 낸 것은 비서실장 로버트 박이었다.

"대표님, 밤 9시가 넘었습니다."

"음…… 벌써 그렇게 되었나? 그럼 퇴근해."

"대표님도 이만 들어가시죠. 사람들이 우리 회사 대표이사가 동네 전기 다 축낸다고 욕합니다."

로한나는 피식 웃음을 지었다.

"나 참, 박 실장에게는 못 당하겠네."

"그럼 가실까요?"

그녀가 자리에서 일어서자 로버트 박이 알아서 뒷정리를 하고 나왔다.

로한나는 밖으로 나가기 전, 옷에 빨간 리본을 달았다.

"오늘도 다시는군요."

"패션의 완성이랄까? 그럼 가지."

로버트 박은 아직도 사별한 전남편을 잊지 못하는 로한나가 안쓰러웠다.

하지만 그는 그럴 만도 하다고 생각한다.

'대단한 사람이었지. 로맨티스트였고.'

남자가 봐도 차상식은 멋진 사나이였다. 아마 두 번 다시 그런 사람은 만나기 어려울 것이라는 생각이 들 정도였다.

"아참, 그 신한결 씨는 어떻게 지내고 있대?"

"이번에 차장으로 승진했답니다."

"초고속 승진이네? 그런데 왜 요즘은 연락이 뜸한 거지?"

"바쁜가 봅니다."

"음……."

죽은 전남편의 유일한 연결고리. 어쩌면 자식과도 같은 존재인지도 모를 수제자 신한결은 언제나 그녀의 관심 내에 있었다.

로버트 박은 그런 그녀를 위해 항상 신한결에 대한 소식을 모아 오곤 했다.

"그러고 보니 최근에 주식시장에서 투자귀신이라는 사람이 활동한다는 얘기를 들어 보셨습니까?"

"투자귀신? 그게 뭔데?"

"개미왕이라고 불리는 증권가의 네임드입니다. 최근에는 화제의 안성중공업을 AIB를 통해 인수했다고 하는군요."

"행보가 묘하네? 안성중공업은 폐기 직전의 회사였잖아."

"그 투자귀신이 작전세력들을 다 털어 내고 안성중공업을 완전체로 재조립해서 인수한 것이라고 합니다. 작전세력 때문에 물려 있던 개미들이 투자귀신 덕분에 목숨을 건졌다고 지금 시장에서 아주 난리도 아닙니다."

"…작전주를 터는데, 개미들을 살려?"

"뭔가 익숙한 전략 아닙니까?"

로한나의 입가에 흥미로운 미소가 걸렸다.

"그 사람의 패턴이네."

"투자귀신이라는 네임드가 활동하기 시작한 것은 80년대 후반, 혹은 90년대 초반부터입니다. 그러다가 돌연 잠적했고, 최근에 5년 만에 다시 활동하기 시작했다고 하는군요."

"뭐야? 그럼 그이가 투자귀신이었고, 그걸 신한결 씨가 물려받았다는 소리야?"

"그런 것 같습니다."

"왜 굳이 차명을?"

"모르지요. 워낙 독특한 분 아니셨습니까?"

가만히 생각에 잠겨 있던 로한나가 슬그머니 미소를 지었다.

"합작투자 한번 해 볼까?"

"신한결 씨와 말입니까?"

"아니, 투자귀신과 말이야."

§ § §

삼선, GL전자와의 교역은 순항 중이었다.

덕분에 한결은 한시름 놓았고, 인사조정으로 인해 일주일간 유급휴가를 받았다.

그사이 한결은 CFA를 치르기 위해 서울 관악구에 위치한 한 대학을 찾았다.

-어째 과거의 어느 날이 떠오르지 않냐?

'이야, 감회가 새롭네!'

사실상 이곳에서 세 번째 시험을 보는 것이었다.

-어때? 자신은 있냐?

'자신이요? 당연하죠!'

-오! 이번에는 저번이랑 달리 자신감이 넘치네?

'저번이랑은 달라요. 확실히 뭔가 많이 성장했다는 느낌도 들고요!'

한결이 점점 성장하고 있다는 것은 차상식도 피부로 느낄 수 있을 정도로 명확했다.

이제는 굳이 차상식이 과외를 해 주지 않아도 알아서 시험을 준비할 수 있을 정도의 수준이었다.

잠시 후, 시험이 시작되었다.

[물음 12]

[Corporate Restructuring Vehicle의 보유채권에 대한 처리 고찰…]

[…여기서 현재 미국의 Borrowing Rate가 4.75p일 때, 'A' Company에 대해 가장 알맞은 리스크 헷지의 간접적인 결론 도출에 대한 정답 찾으시오]

'답은 4번.'

-정답!

보고서 작성 실무에서 흔하게 사용되었던 용어들은 아니지만, 문제해결에는 큰 어려움이 없었다.

한결은 아주 손쉽게 시험을 마쳤다.

'끝!'

—…짜식, 빠른데?

'어떤 것 같아요?'

—뭐, 보나마나 합격이지.

'정말요?'

—이젠 뭐, 장난치고 싶은 생각도 없다, 야.

'크크! 어쩐 일이래?'

—쩝, 짜식이 머리가 너무 굵어져 버리니까 골리는 맛이 점점 줄어든단 말이지?

'…그런 맛은 없어도 되거든요!'

—크크크!

시험이 끝난 뒤, 한결은 인천으로 향했다.

기왕지사 쉬는 김에 저번 인수합병으로 얻은 자료들을 정리하려는 것이었다.

이제 막 지하철에 오르는데 스마트폰이 울렸다.

지이이잉!

누군가, 하고 봤더니 김유철이었다.

—대장! 지금 어디야?

"인천 가는 지하철인데, 왜?"

―이야! 대장아, 우리가 살다 보니 이런 기회가 다 온다!

"그게 무슨 말이야? 우리라니?"

―예전에 대장이 계약했던 선물환 기억나지? 왜, 내 부탁으로 쓰레기 같은 자식 하나 날려 버렸었잖아.

"아, 그거? 당연히 기억나지. 근데 그게 왜?"

―우리 아시아 금융투자본부장이 대장의 선물환 기교에 뻑이 가서 대장을 임시 애널리스트로 고용하고 싶다네!

"어?"

너무나도 뜻밖의 제안이었다.

"아니, 그런데 우리라면서. 애널리스트 고용은 그렇다 치고, 거기에 너는 왜 끼는 건데?"

―대장이 분석을 해 주면 내가 선물환 계약을 운용할 수 있게 해 준다는 거지. 그렇게 해서 수익이 나잖아? 우리가 0.5% 커미션을 먹게 된대!

"엉?!"

너무나도 뜻밖의 제안이었다.

―아무튼, 다음 주 월요일에 시간 괜찮으면 같이 얘기나 한번 들어 볼래?

"음……."

너무 당황한 나머지 뭐라 말도 잘 나오지 않는다.

하지만 차상식은 여전히 차분했다.

―졸라 좋은 기회잖냐! 한다고 해!

'이러다 괜히 물리는 거 아니에요?'

-협상만 잘한다면야 물릴 이유가 뭐 있겠어? 단순분석 업무인데.

'하긴!'

-게다가 인마, 31개 중소기업들에게 보여 줄 자료수집으로는 완빵 아니겠냐? 무려 HBSC에서 얘기했다고 하면 아마 껌뻑 죽을걸?

'어라? 그러네요?!'

한결은 차상식의 말대로 일단 면접부터 좀 보기로 했다.

"뭐, 그러자!"

-오케이! 다음 주 월요일!

뜻밖의 기회를 얻었다.

§ § §

한결은 인천의 개인 스토리지를 찾았다.

다음 사냥을 위해 이빨을 더욱 날카롭게 갈아 놓기 위함이었다.

문을 열고 들어가 보니 PP박스 여덟 개가 놓여 있었다.

"…박스가 많네?"

-두 개 회사치고는 많아. 흠…… 일단 좀 열어 볼까?

한결은 차상식의 말처럼 일단 박스부터 열어 보기로 했다.

여덟 개나 되는 박스 안에는 엄청난 숫자의 개인정보와 계약서, 통장사본 그리고 각종 증권서류들이 들어 있었다.

"…뭐냐, 이게? 개인정보만 수만 개잖아요!"

-이야, 이 새끼들! DB를 존나게 모아 놨네? 이게 다 얼마야?

한결은 이 엄청난 양의 개인정보 때문에 기함할 뻔했다.

도대체 이 많은 정보는 어떻게, 그리고 왜 모아 놓은 것일까?

-제3자 정보제공에 동의하면 마케팅에 정보를 활용할 수 있게 되잖냐. 그걸 보험사나 캐피털 같은 곳에서 돈 받고 마구잡이로 뿌리는 경우가 있거든. 그걸 막장 DB라고 하는데, 아마 그걸 사들인 것 같아.

"혹시 사기를 치려고?"

-뭐, 그랬을 수도 있고.

"미친!"

-세상은 요지경이야. 수만 개? 한 번에 십만 개가 넘는 DB를 사들이는 새끼들도 있어. 이정도야 껌이지.

"…지랄병도 이 정도면 풍년인데요?"

-아무튼 그건 그렇고, 증권은 뭐가 있나 한번 볼까?

경악스러운 마음을 애써 누르며 증권서류들을 살펴보았다.

[강남 물랑루즈]

"물랑루즈가 뭐지?"
-아! 저거 그거잖아. 룸살롱!
"엥? 룸살롱 지분이 여기서 왜 나와요?"
-나도 그게 졸라 궁금한데? 아니, 그보다 룸살롱의 지분은 왜 나눈 거지?
"룸살롱도 요즘에는 투자를 받아서 연대요?"
-뭐, 그렇기는 한데……. 그게 다 건달들이 틀어쥐고 있는 거라…….
"맞네! 이 새끼들, 반달인가 뭔가 그랬잖아요!"
-그러네! 반달이라면?! 아, 그래! 반달이니까 룸살롱 지분을 가지고 있어도 이상할 것 없겠네.
"나 참, 별 희한한 걸 다 가지고 있네? 그나저나 아저씨는 물랑루즈가 룸살롱인 건 어떻게 알았어요?"
-……다음 장으로 좀 넘겨 봐! 이야, 이거 졸라 심각한 상황 아니냐! 그치?
차상식은 아무렇지도 않은 것처럼 넘어가려 했지만 한결은 회심의 미소를 지었다.
"이거, 이거, 역시 사람은 어떻게든 과거사가 드러나기 마련이네요."
-아니야, 인마! 그런 거!

"아, 뭐! 비즈니스하다 보면 그럴 수도 있죠. 이해해 줄 게요."

―…아니라니까 그러네!

"보자, 다음 건……."

―아놔…….

"크크크!"

미국에서 한때 성행했던 인터넷 장의사라는 직업이 괜히 탄생한 게 아니었다.

한결은 차상식의 과거사를 뒤로한 채 다음 장부를 꺼내 들었다.

[익스트림 엔터테인먼트]

"이건 또 뭐냐? 엔터?"

―흠…… 예전에 건달들이 연예기획사를 굴리는 거야 졸라 흔한 일이었다지만, 지금은 좀 다르지 않나?

"원래 반달들은 다 이래요?"

―나야 그 동네 속성은 모르지. 간혹 고아원 동기들이 건달짓하다가 칼침 맞아 죽었다는 소식은 들어 봤지만.

"…어, 그게 더 충격적인데요?"

―그때야 양담배 장사 이권 하나만 가지고도 사람을 칼침 놓던 시대였으니까. 지금이랑은 많이 다르지.

"어우! 무섭네!"

-아무튼 간에 이놈의 엔터테인먼트 회사의 지분이 왜 여기 있는지는 정말로 미스터리네.

"뭐, 그럼 다음으로 넘길까요? 어차피 봐도 모르는 거."

-그럴까?

아무리 머리를 굴려도 답이 나오지 않는 건 조용히 뒤로 넘기는 것도 하나의 방법이다.

다시 장부를 넘기자 이번에는 해운회사의 증권이 나왔다.

[동화해운]

"동화해운? 어디서 많이 들어 봤는데?"

-이런 회사도 있었어?

"아! 맞다! 이 회사, 알아요! IX인터 협력사잖아요!"

-이 새끼들이 이런 회사 지분은 왜 가지고 있어?

"그야 나도 모르죠?"

차상식은 장부를 가만히 들여다보다가 뭔가 깨달았다는 듯이 말했다.

-야, 야! 지금 당장 동화해운 주가 좀 알아봐!

"동화해운은 아직 상장 전일 텐데요?"

-그래도 한번 봐봐, 인마!

한결은 차상식의 성화에 못 이겨 MTS로 동화해운을 검색했다.

[비상장 주식 거래 : 동화해운]
[현재 주가 : 6,560원]
[전일 대비 : 11.5%▲]

−비상장 주식이 하루 만에 11.5%나 올랐네? 뭔가 감이 오지 않냐?
"아! 이번에는 해운회사가 타깃이구나!"
이번 사냥감이 정해졌다.
"뭐, 그럼 알바나 뛰면서 사냥감 추적이나 좀 해 볼까요?"
−좋지!

§ § §

며칠 후.
한결은 HBSC의 아시아 금융투자본부장 '리처드 로커슨'을 만났다.
로커슨 본부장은 사우스 차이나 모닝 포스트(South China Morning Post)에도 자주 거론될 정도로 영향력이 있는 인물이다.

그는 한결에게 뜻밖의 얘기를 해 주었다.

최근 공정위의 금융권 압박이 정상범주를 넘어서고 있는데, 그 이유가 다름 아닌 한미 금리 격차 때문이라는 것이었다.

"요즘 한미의 금융가들끼리 하는 얘기 중에 금리 격차는 빼놓을 수 없는 주요 이슈입니다. 아시는지 모르겠습니다만, BIS에서 뜬금없이 자기자본비율을 가지고 압박을 넣었던 것도 그런 이유 때문입니다."

"금리 격차로 인한 부채문제, 금융 건전성 문제 등을 이유로 말입니까?"

"역시."

"…어쩐지 압박강도가 점점 커진다 싶기는 했습니다. 2년 전에도 BIS비율 조정 건으로 시끄러웠던 것으로 기억하는데, 그때와는 비교도 안 될 정도의 압박이니까요."

"장기불황이 지속되는 가운데 BIS의 압박이 계속된다면, 아마 HBSC는 한국 시장에서 서서히 발을 빼야 할지도 모릅니다."

최근 국제경기는 하강국면에 접어들고 있고 명백한 장기불황의 도래임을 그 어떤 누구도 부정할 수 없었다.

문제는 그 기나긴 터널을 지나는 동안 여러 부작용들이 있을 수밖에 없음에도 이를 대비할 해결책을 마련하지 못

하고 있다는 점이었다.

-확실히 하는 짓마다 모두들 삽질을 하고 있기는 하지. 근본적인 대책에는 그다지 관심이 없는 것 같기도 하고.

'그렇다면 공정위의 압력이 계속해서 거세지겠네요?'

-이쯤 되면 금감원까지 나설 수도 있겠다는 생각이 드는 걸. 안 그러냐?

'으음……'

다소 심각한 표정이 되어 있는 한결에게 리처드 로커슨이 제안을 해 왔다.

"그래서 말인데, 거듭되는 선물환 거래에서 우리가 조금이라도 부실규모를 줄이려면 철저한 분석과 과감한 실행력이 필요합니다. 당신이 만약 우리 편에 서서 100억 이상 선물환에 대한 분석을 해 주신다면 0.5%의 커미션을 드리도록 하죠."

"0.5%면 사실 선물환 수익으로는 커버가 불가능한 수준이 될 수도 있습니다만."

"수수료에 시세차익이면 최소 0.5%는 될 겁니다. 그러니 걱정할 필요 없습니다."

"하긴 그건 받는 쪽이 아니라 돈을 주는 쪽이 걱정할 문제이긴 하죠."

"어떻게 하시겠습니까? 우리는 당신의 분석능력에 반했고, 그에 따른 활약을 기대하고 있습니다."

고민이 될 수밖에는 없는 제안이었다.

아무리 작두를 타는 사람이라곤 해도 선물환을 보이는 족족 때려 맞춘다는 것은 거의 불가능한 일이니까.

하지만 차상식이라는 인물이 있다면 얘기가 달라진다.

-잘되었네. 하자. 이참에 달러 스위칭도 좀 연습하고 좋잖냐? 어차피 시황분석이야 투자를 하려면 매일 해야 하는 건데, 숙제한 거 그냥 이쪽으로 보낸다고 생각하면 간단하겠구만.

'생각해 보니 그건 또 그러네요?'

안 그래도 아침마다 뉴욕증시에 귀를 기울이고 투자를 위한 개인적인 리포트를 작성하고 있다 보니 선물환 분석 업무야 크게 어려울 것도 없었다.

-그리고 말이야 한번 잘 생각해 봐. 선물환을 그렇게 취급하다 보면 실질적인 투자에도 도움이 많이 될 거야. 선물환에 몰려들 자료의 양이 얼마나 방대하겠냐?

'아하! 정보통!'

-앞으로 정보통으로 쏠쏠하게 단물도 좀 뽑아 먹자고!

'김유철이 예상외로 크게 은혜를 갚네요?'

-큭큭, 그러게 말이다!

두 번 생각할 것도 없었다.

한결은 고개를 끄덕였다.

"좋습니다. 하겠습니다!"

"역시!"

"다만 저는 건수를 받고 보고서를 써 주는 것으로 끝입니다. 다른 의무와 책임은 없다는 것만 계약서에 명시해 주십시오."

"물론이죠. 걱정하실 필요 없습니다."

새로운 정보통이 하나 더 생겼다.

본부장과의 면담을 끝내고 나오는데 밖에서 김유철이 기다리고 있었다.

"한결아! 어떻게 되었어?"

"하기로 했어."

"이야, 잘됐다! 오늘 같은 날엔 어디 좋은 데 가서 한잔해야 하는 거 아니냐?!"

"좋은 데?"

"강남에 삼삼한 마담이 운영하는 룸살롱이 있어. 물랑루즈라고, 졸라 유명해!"

순간, 한결의 귀가 쫑긋 섰다.

"물랑루즈?"

한결은 생전 처음으로 룸살롱의 문지방을 밟아 보았다.
 문지방을 넘자마자 고혹적인 매력의 마담이 한결을 맞이했다.
 "김 팀장님, 오랜만이네요?"
 "이야! 우리 마담 누나가 마중을 다 나와 주고! 영광인데?"
 "들어가요. 우리 애기들이 기다려."
 지난번 구미에서 봤던 룸살롱과는 화려함의 차원이 달랐다.
 '…이런 데서 술을 마시면 더 잘 들어가나?'
 ―이 새끼, 너 고자지?
 '고자라는 말이 왜 나와요! 멀쩡하니 클럽도 있고 한데, 굳이 룸살롱에 왜 오나 싶은 거지.'

―아하! 직접 조달하는 스타일? 이 새끼, 선수였네!

'아니, 뭐, 꼭 그렇다는 게 아니라 아무튼 간에 여긴 너무… 어른스러운 놀이터 느낌인데요?'

―크크! 어른스럽지! 졸라게!

이런 계열의 비즈니스에 대해선 아는 게 별로 없기 때문에 한결은 그저 김유철이 하라는 대로 따라갈 뿐이다.

"대장은 룸살롱 처음이지?"

"어… 뭐, 그렇지."

"룸이든 뭐든 사람 노는 건 다 똑같아. 오늘 아주 뒈질 때까지 놀아 보자!"

룸을 정리한다고 해서 잠시 대기하는 동안, 한결은 주변을 한 번 살펴보았다.

"으하하! 2차 가자! 내가 오늘 신기록 세워 주마!"

"오빠 최고!"

"…그건 또 뭔 소리여?"

―2차 TC 몰라?

한결은 하나같이 뭔 소리인지 알아들을 수는 없었지만, 어쨌거나 건전한 놀이가 아니라는 것쯤은 어렵지 않게 알 수 있었다.

마치 비버처럼 생긴 뚱뚱한 중년의 남자가 양쪽 옆구리에 젊은 여자를 하나씩 끼고 있었다.

'돈이면 귀신도 부린다더니, 진짜인가 보네.'

―그 말이 아예 틀린 건 아니잖냐.

'아! 그러네요?!'

잠시 후, 룸이 치워지고 화려한 내부가 한결의 눈앞에 들어왔다.

양탄자가 깔려 있는 룸에는 노래방 기계 한 대에 화려한 조명이 설치되어 있었다.

"뭐, 겉보기엔 그냥 그래 보이지? 그런데 여기가 특별한 이유가 있지!"

"특별한 이유가 뭔데?"

"대장, 혹시 연예인 지망생 본 적 있어?"

"얘기는 들어 본 적 있지."

"걔네들이 여기서 일하잖아. 못 뜨고 은퇴한 애들도 있고, 현직도 있고!"

"어? 연예인들이 밤일을 한다고?"

"쉿! 그냥 다 알면서 쉬쉬하는 거니까 대장도 못 들은 걸로 해 줘!"

한결은 이곳에서 뭔가 이상한 연결고리 같은 것이 느껴졌다.

'연예기획사와 룸살롱의 지분이 뭔 상관인가 했는데, 이제 보니 아주 연관성이 없지는 않나 보네요!'

―뭐, 연계투자로는 제격이네! 이야, 대가리 잘 돌아가는데?

뭔가 참 묘했다.

§ § §

며칠 후, 한결에게 첫 번째 분석 아르바이트 거리가 전달되었다.

"브라질 수출입 관련 선물환이라……."

-요즘 헤알화 시장이 꽤나 어지럽긴 하지.

한국의 에어컨 제조업체 '가리온'은 5년 전, 남미시장으로의 진출을 위해 5천억을 투자, 제대로 한 방의 대박을 터뜨렸었다.

한데 최근 3년 동안 전 세계적인 금융위기가 도래하면서 브라질이 긴축에 나서자 제대로 역풍을 맞아 버렸다.

해서 신청된 것이 바로 이 브라질과 한국 금융기관 간의 달러/헤알 선물환이었다.

"헤알화로 돈을 받아 달러화로 환전해야 한다는 건데, 원자재 수급과 물류비용을 조달하려는 것일까요?"

-당연하지. 원자재 시장에서는 달러화를 기축통화로 보니까.

"음…… 그럼 어디서부터 어떻게 분석을 해야 하나? 일단 자료부터 좀 달라고 해 볼까요?"

-최대한 많이 받아서 분석해 봐. 경제 동향 말고 금융 동향 쪽으로.

"그래야겠네요!"

이제 막 퇴근시간이 되었기에 한결은 곧바로 선물환 담당자에게 전화를 걸었다.

분석신청서에 나온 번호로 전화를 걸었더니 김유철이 받는다.

-어? 대장! 스마트폰으로 주지, 굳이 유선으로 걸었네?

"뭐야, 분석자료 담당자도 너야?"

-내가 팀장으로 내정되었거든!

"아하, 그렇구나."

-아무튼, 무슨 일이야?

"분석에 필요한 자료 좀 달라고."

-오케이! HBSC에서 보유한 자료는 어떤 것이든 꺼내서 쓰라고 했거든? 그러니 말만 해! 심지어 2급 기밀자료에도 접근할 수 있어!

"그래?"

아르바이트치곤 스케일이 제법 대단하다는 것을 알 수 있었다.

한결은 내친김에 브라질과 아시아 전체에 대한 채권자료를 요청했다.

"자료가 꽤 방대할 거야. 브라질과 달러, 아시아 전체에 대한 채권자료를 요청할게."

-아… 잠시만! 내가 지금 관련 보고서가 얼마나 올라왔는지 한번 볼게!

자료 전체를 보는 것보다는 보고서로 취합된 것을 보는 것이 훨씬 빠를 것이다.

김유철은 5분 만에 검색을 끝내고 전송까지 마무리했다.

-톡으로 보냈어! 혹시나 해서 우리 회사 사외 클라우드에 비번 걸어서 올려 놨고!

"이열, 제법 일 좀 하는데?"

-헤헤, 내가 원래 서포터 전문이거든!

"아무튼, 자료 부족하면 전화할게."

-옛썰!

한결은 메신저로 보냈다는 자료들을 확인했다.

파일을 열어 보니 자료들이 보기 좋게 아주 간결하게 정렬되어 있었다.

"새끼가 생각보다는 쓸모가 있네요?"

-큭큭! 진짜 그러네? 얘가 또 이런 재주가 있었네.

생각보다 일을 잘하는 김유철 덕분에 한결은 손쉽게 자료를 손에 넣을 수 있었다.

최근 기업이나 은행들이 얼마나 빚을 지고 있고, 그들이 주고받는 채권의 거래량은 얼마나 되는지 확인해 보았다.

그 결과는 '강보합(保合)'이었다.

"유동성은 여전히 결여되어 있으나 자금여건은 서서히 좋아지고 있다?"

-음! 그것도 브라질에서의 강보함이 눈에 띄는군.

"그렇다는 건 인플레 압력이 둔화되었다고 보는 게 맞을까요?"

-일단 브라질 자체의 인플레는 충분히 안정되었다고 봐도 될 것 같은데?

"그렇다면 헤알화가 하락한다는 가정하에 선물환을 거래해도 되겠네요?"

물가상승 압력이 낮아지면 그동안 고금리를 유지했던 브라질 정부의 금리인하가 실시될 수도 있었다.

한마디로 헤알화의 상승곡선이 아래로 살짝 쳐질 수도 있다는 뜻이다.

-달러화 시장도 한번 살펴보자고. 하락의 신호가 있는지, 혹은 상승호재가 아직도 남아 있는지.

"알겠어요. 달러화 자료 좀 살펴볼게요."

이번에는 달러화 관련 자료를 열었다.

자료에 의하면 최근 달러화는 소비지출이 2% 이상 늘었고 소매판매 역시 연일 상승 중이라고 적혀 있었다.

"확실한 채찍효과가 보이네요!"

-이 정도면 연준에서 추가 인상을 고려할 만하겠어. 아니, 거의 확실하다고 봐야겠는걸?

"자료만 놓고 봤을 때에는 인상이 맞겠네요. 음············ 하지만 이것만 가지곤 분석자료를 마무리할 수는 없을 것 같은데요?"

차상식은 의심병이 도진 한결의 습관을 칭찬해 주었다.

-그래, 이 바닥은 의심이 절반이야. 마지막까지 의심을 붙들고 있어야 제대로 된 분석이 나오는 법이지.

"아시아 전체에 대한 분석을 좀 해 볼까요?"

투자의 단서는 확신이 아닌 의심에서 잡는다.

이 의심을 확신으로 바꾸는 순간, 그때야 비로소 투자의 타이밍을 잡을 것이다.

[아시아 통화량 하락]

[달러화 흐름 확대]

대표적인 아시아 채권시장의 키워드는 두 가지였다.

"자체 통화량은 줄었는데 달러화 흐름은 확대되고 있다……. 탈중국 때문인 것 같은데…….

-그럴 가능성이 높겠지.

거듭되는 중국발 탈주자본이 아시아 전체로 흘러감에 따라 시장이 급변하고 있었다.

그러한 변화를 가장 빠르게 캐치한 쪽은 다름 아닌 채권시장이었다.

"달러화 유동성은 점점 확대되고 있지만, 국내투자는 미비하다…. 뭐, 그 정도로 분석할 수 있을 것 같은데요."

-맞아, 자료에 의하면 그렇겠지.

"그렇다면 헤알화에 영향을 줄 수 있는 부분도 분명히 있겠네요? 국내투자는 미비해도 브릭스 시장으로의 진출이라든지 아시아 신흥국에 대한 수출 흐름은 명확하게 상승장일 테니까요."

-이번 건, 제법 예리했어. 맞아, 헤알화가 상승할 가능성은 얼마든지 있어.

"그럼 결국 헤알화는 보합이고 달러화만 상승할 가능성이 있다는 뜻이네요?"

상승세와 하락세가 동시에 일어나 서로 상충을 보이면 보합으로 돌아설 가능성은 얼마든지 있다.

차상식은 여기에 한 가지 팁을 더해 주었다.

-헤알화가 상승할 수 있는 여지는 또 있지. 채권수요의 증가 말이야.

"아하! 그러네. 채권수요가 상승하니까 보합세의 세력충돌이 상승장으로 조금 더 움직일 수 있겠네요?"

달러화가 많이 유입되면 당연하게도 자국 화폐의 가치가 상승한다.

그 당연한 현상에 몇 가지 호재가 겹쳤으니 금리를 인하해도 화폐가치는 상승기류를 탈 것이었다.

-그럼 뭐, 헤알화 베팅으로 보고서 한 권 뚝딱인 건가?

"그러네요?"

-돈 벌기 졸라 쉬운데? 큭큭큭!

수천만 원의 아르바이트가 순식간에 마무리되었다.

§ § §

 이른 아침, 조깅을 하러 한강 둔치로 나온 한결은 귀로 아침 시황을 들으면서 천천히 한강 변을 달리기 시작했다.

 […달러화 흐름이 확대되면서 남미 개도국들의 통화가치 상승이 이어질 것이라는 전망이 확대되고 있습니다…]

 '예상! 적중!'
 -정보만 풍부하다면야 선물환은 별거 아니라니까? 뭐, 그렇게 엄청나게 돈을 벌 생각이 아니라면 그럭저럭 굴릴 만해.
 '알바 한다고 하길 잘했네요!'
 이번에는 국내시황으로 채널을 돌렸다.

 […GL전자의 배터리 산업이 대 브릭스 수출로 활기를 되찾고 있는 가운데 GL전자가 경쟁력 있는 중소기업들의 양극재 기술을 찾아 공동개발을 제안하겠다고 밝혔습니다…]

 '떴다!'
 -큭큭! GL전자가 이제 곧 미국이랑 붙어야 하는데 당연

히 경쟁력을 높일 필요가 있다고 판단했겠지! 뭐, 물론 스마트기기 배터리야 GL전자의 것을 사용하게 되겠지만 말이야.

'그럼 GL전자는 스마트기기 배터리에 미국 회사들이 더욱 의존하게 만들어 놓고 삼선전자를 크게 밀어줄 생각인 것일까요?'

-뭐, 그거야 뚜껑을 열어 봐야 알겠지?

'흠…… 삼선을 좀 더 밀어줬으면 좋겠는데…….'

현재 한결이 밀어주고 있는 31개 중소기업들은 전부 GL-삼선 동맹에 초점이 맞춰져 있었다.

만약 여기서 약간 삐끗하기라도 한다면 매출이 절반으로 줄어들 수도 있었다.

하지만 차상식은 크게 걱정하는 기색이 없었다.

-GL이 아이플을 밀어줘도 우리한테는 이득이지.

'어째서요?'

-한국에 화학회사가 GL전자 하나만 있는 것도 아니고, TX그룹도 있잖아.

'아! 맞아, TX!'

한국 통신시장과 화학, 그리고 반도체, 배터리 등을 통해 5대 재벌에 등극한 TX그룹은 스마트기기 배터리 시장에서도 단연 두각을 나타내고 있었다.

-저쪽에서 노선을 튼다? 우리도 TX 쪽을 뚫을 수 있는

카드를 찾아보면 되는 거야.

'역시, 용병술사!'

아침운동을 마무리하고 집으로 향하는데 뜻밖의 소식이 날아들었다.

지이이잉!

[고영탁 대표 : ISA에서 GP 님의 지적재산권 지분을 사고 싶다는데, 어떻게 하시겠습니까?]

'드디어 미끼를 물어쓰!'

-ISA가 용빼는 재주 있어도 GL그룹 공동연구는 못 참겠지!

'언제 팔까요? 지금?'

-어떻게 할래?

'적당히 흥정해서 빨리 팔죠? 우리 쪽 이미지라는 게 있으니까.'

-큭큭, 그렇긴 하지.

[나 : 매입가격은요?]
[고영탁 대표 : 560억입니다]

'처음부터 졸라 쎄게 나오는데요?'

-적당히 한 700억에 넘겨.

'엥? 그게 적당한 거예요?'

-인마, 그래야 두 번 다시는 자기들이 피똥 싸가면서 만든 지적재산권을 함부로 안 팔 거 아니냐?

'음…… 그럼 이건 어때요? 560억에 넘기는 대신 두 번 다시 지적재산권을 제3자나 제3국으로 유출시키지 않는다는 조건을 다는 거죠.'

차상식은 한결의 말에 피식 웃어 버렸다.

-짜식이 겉멋만 잔뜩 들어선. 그래, 그럼 그러자!

[나 : 560억 콜인데, 두 번 다시는 남에게 지적재산권을 넘기거나 해외로 기술을 유출시키는 행위를 절대 하지 않겠다는 법적인 근거를 남겨 두었으면 합니다]

[고영탁 대표 : 역시, 현명하십니다!]

§ § §

계약은 순식간에 마무리되었고, 한결은 560억을 손에 쥐게 되었다.

한결은 기분도 좋겠다, 소주를 한잔 기울이기로 한다.

"일도 잘 풀린 것 같은데, 한잔할까요?"

-그래, 그러자! 내가 그 말을 얼마나 기다렸는지 아냐?!

"오늘은 뭐 드실래요?"

―나야 항상 소주지!

"소주랑 원수를 졌나? 어째 매일 소주만 마셔요?"

―인생의 애환이 담긴 술이라서 그렇지 않나… 뭐, 그런 생각이 드네.

"그럼 안주는 오징어 어때요?"

―…역시 뭘 좀 알아. 짭짤하니 잘 구운 오징어랑 한잔하자!

한결은 아직도 비좁은 원룸에서 산다.

이사를 가자면 언제든지 갈 수 있지만 굳이 움직일 마음은 없었다.

동네 어귀에 있는 슈퍼에서 마른오징어 몇 마리와 소주 두 병을 사서 돌아왔다.

―크흐! 소주! 빛깔 봐라! 영롱하다. 그치?!

"참… 사람들은 이상해요."

―뭐가? 귀신이 소주를 좋아해서 이상하다는 거야?

"이렇게 소박한 사람을 왜 사기꾼으로 몰아갔는지, 원."

차상식은 피식 웃었다.

―인마, 원래 사람이라는 건 말이야, 자기가 믿고 싶은 대로 믿고, 듣고 싶은 대로 듣는 법이야. 차상식이라는 인물은 이중적이야. 너도 알겠지만, 투자시장에서 나한테 발리고 털린 새끼들이 한둘이었겠냐? 하지만 뒤로는 기부도

하고 사회에 공헌도 했지. 내 나름대로는 내 일 열심히 하고, 좋은 일 하고 싶을 때 마음껏 했을 뿐인데 사람들의 눈에는 그렇게 안 보였던 거지.

"그렇다고 그렇게 마녀사냥을……."

―원래 군중들은 한정된 정보에 휘둘릴 수밖에 없어. 그런데 내게 앙심을 품은 몇몇 미꾸라지가 대놓고 물을 흐렸다고 생각해 봐. 그걸 진지하게 인식하지 못하고 넘겼으니 마녀사냥을 당했다고 해도 어쩔 수 없는 거지.

천하의 정치꾼 차상식도 뒤통수를 맞는 것이 이 바닥이다.

한결은 오늘같이 좋은 날 괜한 소리를 꺼냈나 싶었다.

"쩝, 죄송해요. 이런 날에 분위기 잡치게시리."

―됐다! 뭐, 살다 보면 이런 날도 있고 저런 날도 있는 거지! 새끼가 안 어울리게 분위기 잡고 있어? 술이나 좀 따라 봐!

"그래요, 한잔합시다! 건배!"

한결은 차상식과 마주 앉아 두 잔의 술을 연거푸 마셨다. 그러자 술기운이 뜨끈하게 올랐다.

―크흐, 좋다! 그래, 이 맛이지!

"너무 좋아하시는 거 아니에요? 그러다가 복수하기도 전에 극락왕생하겠네."

차상식은 피식 웃으며 말했다.

─인마, 가더라도 그냥은 못 가지. 네가 사람 구실을 해야 내가 편히 갈 거 아니냐?

"에엥?! 나도 사람 구실 하거든요!"

─크크크! 모쏠 주제에 말은 많네!

"아놔, 모쏠 아니라니까요?! 나도 여자 만나 봤고, 찐하게 사랑도 했다고요!"

─오오! 짝!사!랑! 크하하하하!

"…그만 웃고 한잔하세요."

─크크, 좋지!

다시 넘어가는 두 잔의 술.

이 순간, 차상식과 한결은 그 어느 때보다 행복해 보인다.

"그나저나 아저씨."

─왜?

"아저씨는 부모님 말고는 아예 형제도 없었어요? 친척이라든지."

차상식은 고개를 가로저었다.

─없어. 아마 그래서 내가 그렇게도 기부를 하고 다녔던 것 같아, 헛헛해서.

"아!"

─본격적으로 돈을 벌기 시작하면서부터 그랬던가? 아니면 대학생 때 그랬던가? 아무튼 간에 헛헛한 마음을 채우

려고 여기저기 돈을 꽂고 다녔었지. 심지어는 하숙집에서 만난 꼬맹이에게도 학비를 내주기도 했었고.

"그게 다 가족의 부재 때문이라는 거잖아요?

–그렇지 뭐.

가족이 있는 사람들은 절대 이해 못 하는 그 심정. 차상식은 그 마음을 기부로 달랬던 것이다.

–있잖냐, 나중에 만약 네가 HMN을 먹게 된다면 내 이름으로 복지재단 하나만 세워 주라. 저승에서라도 사람들이 행복해하는 걸 많이 봤으면 좋겠어.

"알겠어요! 꼭 그렇게 할게요!"

그렇게 두 사람의 밤은 깊어졌다.

§ § §

리처드 로커슨에게 제출된 헤알화 선물환 보고서는 HBSC 아시아 지부로 전달되었다.

그리하여 선물환 심사가 열렸고, 리처드 로커슨은 홍콩 본사로 건너가서 3일간의 회의 및 심사를 받게 되었다.

"헤알화는 강보합권에서 벗어나 상승장에 머물 것이고, 달러화는 예정된 수순대로 상승기류를 탈 것이다?"

"뭐, 그래서 이걸 가지고 어쩌자는 겁니까? 제로섬 게임이라도 하자는 건가요?"

리처드 로커슨은 '신흥국 채권시장 최신 동향'이라는 내용의 보고서를 꺼내 놓았다.

"바로 어제, 창진 자산운용에서 건너온 정보입니다. 실제 투자를 통해 취합된 정보를 공유한 보고서죠."

"…창진 자산운용에서 만든 투자보고서를 당신이 어떻게 가지고 있는 겁니까?"

"그게 중요한 것이 아니죠. 이것이 시사하는 바가 상당히 크다는 것이 문제입니다."

"문제라?"

투자보고서야 얼마든지 쏟아져 나오는 곳이 이 바닥이었다.

하지만 그것이 문제가 되는 경우는 별로 없었다.

특수한 경우를 제외한다면.

"방글라데시, 인도 등 대체 중국 시장으로의 자본유입이 가속화되고 있다는 것입니다. 다시 말해, 우리도 얼른 태세 전환을 하지 못한다면 그대로 역풍을 맞게 된다는 뜻입니다."

"흠!"

"결국 달러화는 분산되어 헤알화의 상승세를 따라가긴 힘들어질 겁니다."

"그러니까… 달러화도 상승하지만, 헤알화가 그 상승세를 넘어설 것이다?"

"그렇습니다."

HBSC는 홍콩과 상하이, 그리고 영국에 근간을 둔 은행이다. 탈중국이 가속화된다면 은행권이 무사할 수 없을지도 모른다는 뜻이다.

"얼마 전에 크레디트 스위스가 부도를 맞았었죠. 유서 깊은 세계적 IB마저도 그렇게 픽픽 쓰러지는 것이 요즘 시장인데, 우리라고 문제없을 것이라, 안일하게 여길 수는 없죠."

"그래서, 지금 뭘 어쩌자는 건데요?"

"선물환을 더욱 적극적으로 수용해서 우리가 신흥국 시장에서의 영향력을 더욱 확대해야 한다는 뜻입니다. 또한, 중국 시장의 대체로 거론되는 한국과 일본 등 동아시아 국가들과도 협력관계를 견고히 해야 할 겁니다."

"음……."

"저는 선택지를 드렸고, 선택은 여러분들이 하시는 겁니다."

지금으로선 리처드 로커슨의 말에 반박할 수 있는 사람은 아무도 없었다.

이사회는 리처드 로커슨의 제안을 받아들이기로 했다.

"좋습니다. 앞으로는 선물환 심사를 자체적으로 하되 결과만 우리에게 보고하세요. 또한, 선물환 계약의 규모를 지금보다 세 배 이상 늘리고, 수익률이 조금 떨어진다고 해도 절대 계약을 파기하지 말고 끝까지 이어 나가는 것으로 합시다."

"알겠습니다."

"그나저나 이 보고서는 누가 작성한 겁니까?"

"IX홀딩스의 신한결 차장이라는 사람이 작성했습니다."

"허어! 그런 다 쓰러져 가는 회사에 이런 인재가 있었다니……. 영입 제안은 해 봤습니까?"

"일단은 계약직 애널리스트로 영입했습니다. 실질적인 영입은 실적을 통해 능력을 교차 검증한 뒤에 진행하도록 하겠습니다."

이 업계에는 수많은 천재들이 뛰어들지만, 제대로 된 인재를 찾기는 쉽지 않다.

신중한 것도 좋지만, 자칫 닭 쫓던 개가 될 수도 있다.

하물며 눈앞에 있는 레포트 만으로도 신한결이라는 인재의 재능을 엿보기에 충분했다.

"IX홀딩스면 이제 곧 금융권과 제도권이 알아서 칼질을 할 회사인데, 이참에 확 밀어붙여서 스카우트를 하지 그래요?"

"칼질이라니요?"

"허참, 이렇게 남의 파트에 관심이 없어서야. IX홀딩스가 HMN에 IX인터내셔널을 팔아먹으려다가 실패했다는 소문 못 들어 봤어요? 지금 그래서 공정위고 금감원이고 IX

홀딩스에 슬슬 칼질을 하려고 한다는데 말입니다."

"…그런 말도 안 되는 일이 있었단 말입니까?"

너무나도 뜻밖의 일이었다.

얼떨떨한 기분으로 다시 한국으로 돌아가려 한 리처드 로커슨은 신한결 차장에게 전화를 걸어 이 사실을 알려 주려다가 이내 마음을 접었다.

'아니지, 이런 인재에게 줄 선물은 조금 더 완벽한 타이밍에 전달이 되어야 하지 않을까?'

리처드 로커슨은 신한결이 아닌 김유철에게 전화를 걸었다.

-네, 이사님! 김유철입니다!

"요즘 바쁘죠?"

-원래 은행원은 바빠야 한다고 배웠습니다!

"하하! 그래요. 다른 일이 아니라, 신한결 차장이랑 얼마나 친해요?"

-베프죠. 제 등을 믿고 맡길 수 있습니다.

"그 정도 신뢰라……. 하긴 그럴 만하긴 하지."

-예?

"아닙니다. 신한결 차장에게 전하세요. 앞으로 아르바이트 자리가 더 많아질 것이라고."

한국으로 돌아오는 동안 리처드 로커슨은 한결에게 줄 카드를 만지작거리며 고민에 빠졌다.

은행권에 있는 사람들에게 이 정도로 소문이 퍼졌다면, 이제 곧 금감원이나 공정위가 IX홀딩스를 칠 것이다. 만약 그 전에 신한결 차장이 먼저 움직여 선수를 칠 수 있다면 어떻게 될까?

'홈런이… 터질 수도 있다는 건가?'

때론 인간은 실리보다 흥밋거리에 더 관심을 갖기도 한다.

로커슨은 마음속에서 IX홀딩스라는 카드를 꺼내어 쓰기로 마음먹었다.

곧바로 비서에게 전화를 걸었다.

"지금부터 IX홀딩스 수사 관련 모든 자료를 수집하고 우리 회사 내부의 데이터베이스를 싹 다 뒤져서 찾아내."

§ § §

동화해운의 주가가 며칠 사이에 무려 만 원이나 올랐다.

[비상장 주식 거래 : 동화해운]
[현재 주가 : 16,560원]

"…뭐지? 주가가 무슨 우후죽순처럼 자라나?"

-성공시대 커뮤니티 한번 들어가 봐. 지금쯤이면 동화해

운을 두고 왈가왈부하느라 게시판이 시끄러울 거다.

"음, 알겠어요!"

한결은 아직 유급휴가 중이기 때문에 편하게 쉬면서 스마트폰을 만지작거렸다.

―…동화해운 주가 진짜 ㅈ되네?!
―야, 이거 매수하기만 하면 기냥 상장 가는 거 아니냐?
―그나저나 동화해운이 왜 이렇게 뜨는 거야? 요즘 블루마린 그룹이 출혈경쟁한다고 덴마크가 해운업계 싹쓸이한다면서.
―누가 그러던데? 동화해운이 의왕에서 뭐, 연줄 좀 쓴다고.

"너 나 할 것 없이 동화해운 얘기만 하고 있네요!"

―이대로라면 상장하기도 전에 장외에서 포텐 터뜨리는 것도 무리는 아니겠군.

"그나저나 딱히 호재도 없는데 동화해운이 왜 이렇게 오른 걸까요? IX인터가 GL동맹 호재를 맞아서 그런가?"

―아무리 그렇다고 해도 이건 주가상승이 너무 가파르지. 지금까지 IX인터와 함께한 세월이 얼마인데 굵직한 프로젝트 하나 따냈다고 이렇게 주가가 오른다?

"흠… 그건 그러네요?"

차상식은 가만히 스마트폰을 들여다보았다.

뭔가 빠르게 두뇌를 회전하던 차상식은 순간, 뭔가 깨달았다는 듯이 눈을 번쩍 떴다.

-야! 그거 켜 보자!

"보물창고요?"

-응! 얼른!

차상식의 말대로 한결은 웹하드에 접속했다.

-거기에 의왕ICD라고 쳐 봐.

"의왕……."

검색창에 의왕ICD라고 치자 13개의 파일이 검색되었다.

-그중에서 공정위라고 적힌 거 보이지? 그거 클릭해.

"공정위?"

요즘 참 많이 보이는 공정위이기에 어쩐지 익숙하다는 생각까지 든다.

[…컨테이너 독점 수리권에 대한 재소 안건]

"…독점 수리? 이게 무슨 뜻이에요?"

-해상운송에 컨테이너가 쓰이지? 육상물류에서도 똑같아. 이걸 가지고 교역을 하다 보면 컨테이너가 부식되기도 하고 고장 나기도 하잖아? 그래서 그걸 수리해서 써야 한단 말이지.

"아! 그걸 독점한다고요?"

-다른 물류기지는 안 그런데 꼭 의왕만 그래. 어쩌면 누군가 그 독점권에 대한 지분을 노리고 있다, 그렇게 생각할 수도 있다는 거지.

"의왕이면 SOC로 출자해서 만든 것인데, 그 지분을 노린다는 게 말이 되나요?"

SOC, 즉 사회간접자본(social overhead capital)은 생산 활동에 기초가 되는 공공재이다.

그 구조를 뒤흔들 생각을 한다는 건 상식적으로 잘 이해가 되지 않는 행동이었다.

-말이 되건 안 되건, 그건 중요한 게 아니야. 만약 동화해운이 의왕ICD에 대한 지분을 조금이라도 가지고 있다면, 충분히 매력적인 먹잇감이 될 수 있다는 거지.

"하긴! 의왕ICD가 동양권에서 제일 큰 물류기지라고 했죠?"

-그래! 뚜렷한 호재 없이 먹잇감이 된 게 아니야. 동화해운에 뭔가 있어!

"음………… 그럼 이틀 후에 출근하니까 그때 한번 알아볼게요."

-그럼 뭐, 다음 사냥감은 동화해운인 거야?

"일단 냄새부터 좀 맡아 보고요. 우리가 원하던 그런 사냥감인 것인지!"

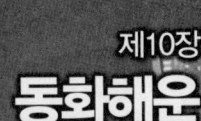

제10장
동화해운

이틀 후, 한결은 비품실을 지하로 옮기고 기존의 무역연결팀 사무실을 통합해서 만든 무역투자통합관리부로 출근했다.
 총인원 30명에 6개 팀으로 이뤄진 이른바 '투자관리부' 원들이 한결이 앞에 꾸벅 고개를 숙였다.
 "부장님, 나오셨습니까!"
 -크! 그림 나온다!
 한결은 첫 근무를 맞아 인사를 하러 나온 부원들에게 일일이 악수를 건넸다.
 "반갑습니다, 신한결입니다."
 "열심히 하겠습니다!"
 신입사원들은 당연히 군기가 바짝 서 있고, 경력직 역시 한결에게 알랑방귀를 뀌기 바빴다.

"차장님들이 우리 회사에서 유일하게 선물환 애널리스트가 있다고 그렇게 입이 닳도록 자랑을 하시던데! 역시 인물까지 훤칠하십니다!"

"별말씀을요. 이름이?"

"조하성 과장입니다!"

"그래요, 조 과장. 열심히 해 봅시다."

"감사합니다! 충성을 다 바쳐 열심히 하겠습니다!"

한결의 파격 승진에 다들 큰 이견이 없었던 이유는 그의 스펙도 한몫했다.

-HBSC의 애널리스트 자격이 여론통합에 한몫을 한 모양이로군!

'아저씨 말을 듣길 잘했네요! 괜히 그 자리를 깠다간 인원관리 때문에 또 고생을 할 뻔했잖아요?'

한결은 이제 모두 제자리로 돌아갈 것을 지시했다.

"오늘부터는 새로운 업무를 시작하게 될 테니 바짝 긴장들 합시다."

"네!"

"얼른 자리로 돌아가서 일합시다."

"예, 부장님!"

자리에 앉은 한결은 회사 데이터베이스에 접속했다.

[접속권한 : 2급]

'얼마 전까지만 해도 3급이었는데, 바뀌었네요!'

-앞으로 열람할 수 있는 자료들이 더 많아진다는 뜻이지.

'이래서 승진이 중요한 거구나!'

-당연하지! 특히나 우리에겐 더더욱.

'그럼 동화해운의 자료를 좀 찾아볼까요?'

한결이 데이터베이스에 동화해운의 자료를 검색하려는데 차장 삼인방이 찾아왔다.

"부장님!"

"선배님들 오셨습니까?"

"에이, 보스께서 선배님이라니! 그건 좀 그렇잖습니까?"

"그럼 차장으로 할까요?"

"그게 좋겠습니다! 기왕이면 공석에서는 명령조로 하시고요."

"…부서 기강 때문에요?"

"그럼요!"

차장들은 부서의 기강까지 생각해야 하는 위치였기 때문에 한결이 행여나 실수하는 부분이 있으면 아주 조용히 지적해 주었다.

-좋은 마당쇠들이네!

차장들은 한결에게 새로운 프로젝트 세 건에 대한 결재 서류를 가져왔다.

"이번에 상부에서 내려온 기획안입니다. 이것을 가지고 프로젝트를 진행하시면 됩니다."

"흠… 그럼 한번 볼까요?"

전략기획실과 구조조정본부 등 상위 세 부서의 실세들이 만들어 낸 기획들을 가지고 예하부서들이 머리를 짜내 정리한 것이 바로 이 기획안이었다.

[곡물수입 조정안]
[자동차부품 협력 조정]
[아프리카 원자재 수입 조정안]

"수출입을 전체적으로 조정하겠다는 거네요?"

"요즘 국제정세가 너무 어지러워서 그런지 수출입에 대한 불안도가 많이 높아지고 있습니다. 아마도 부장님께서 리스크 관리 자격을 보유하고 있는 데다 글로벌 은행의 애널리스트로 계시니, 그것을 적극적으로 이용하려는 것이 아닌가 싶습니다."

"음! 그렇군요."

한결의 이름값이 점점 높아지고 있다는 것이 피부로 확 느껴진다.

―스펙을 높이고 경력을 쌓다 보면 이따금 좋은 기회가 한 번씩 오거든. 넌 그 기회를 잡아 이름값을 크게 올린 거야.

'이게 점점 성장하는 재미가 있네요?'

―큭큭, 성장하는 재미를 논하는 건 나 같은 관찰자가 해야 하는 말 아니냐?

'그나저나 애널리스트 알바를 뛰는데 부장이랑 겸직이 될까요?'

―원래 이 정도 자리쯤 올라오면 슬슬 겸직에 대한 구설수가 나돌기 마련이거든. 그런데 네 경우는 예외야. 왜냐? HBSC 정도 되는 회사의 애널리스트가 투자관리부장인데, 굳이 막을 이유가 있어?

'아하!'

―그리고 잘리면 말지, 뭐! 이 회사에 더 미련 둘 거 있냐?

'하긴!'

잘려도 아쉬울 것 없는 사람은 뭘 해도 자유롭기 마련이다.

"좋아요, 놓고 가세요. 내가 한 번 천천히 읽어 볼게요."

한결은 기획안을 잘 갈무리해 놓았다.

그리고 차장들이 자리로 돌아가려는데 돌연 한결이 그들을 붙잡았다.

"아참, 차장님들! 물어볼 게 좀 있는데요."

"네! 말씀하십쇼."

"동화해운이라고 아시죠?"

김한유 차장이 고개를 끄덕였다.

"잘 알죠!"

"그 회사 좀 어때요? GL프로젝트 물류절감 명단에는 이름이 없는 것 같던데."

"동화해운이 요 몇 년간 힘들었잖습니까? 블루마린 그룹이 해운 독점한다고 설치는 바람에 말입니다. 뭐, 그래서 자금사정이 너무 팍팍해져서 회사를 내놓으려는 모양입니다."

"그래요?"

"듣기론 의왕ICD에 지분도 좀 있다는 것 같은데, 그것 말곤 사실 볼 것도 없죠. 뭐, 그래도 IX홀딩스에서 계속 이런저런 계약을 유지하고 있다고 하더라고요?"

-오호? 지분이 있었어? 어쩐지!

사회간접자본으로 만들어진 단체의 경우, 지분을 함부로 양도할 수 없는 법적인 규제조치가 명확하다.

이런 회사를 누군가 인수하려 한다는 것은 말이 안 되는 소리였다.

'SOC 지분을 아무에게나 넘길 수 있을 리는 없고……. 그럼 이것도 뭔가 수작질이라는 건가요?'

―동화해운이 대놓고 그럴 리는 없겠고…… 아마도 그 배후의 어떤 세력이 도사리고 있다는 뜻이겠지.

'이를테면 비상장 주식 사기라든지, 뭐 그런 걸로요?'

―이욜! 비상장 주식 사기도 알아?

'나도 대학에서 펑펑 놀지만은 않았거든요!'

―크크! 맞아, 아마도 비상장 주식 사기를 치려는 미친놈들이 있겠지.

'흠…………'

―그럼 대학에서는 가르쳐 주지 않는 사냥법을 한번 배워 볼까?

'그거야 언제든지 좋죠!'

§ § §

국제 200대 로펌 가운데 수익규모 3위를 달리는 '노스라살레&어바인 LLP'는 명실상부 최고의 법률가 집단이다.

노스라살레&어바인의 대표이사이자 로펌 유니온 '어바인'의 회장인 '살바토레 어바인'은 이제 곧 실무에서 물러나 사모펀드 구조조정에만 집중한다고 발표했다.

사람들은 'NSLA(North LaSalle&Irvine'의 승계구도에 뭔가 문제가 생긴 것이 아닌가 하고 추측을 남발했지만, 진실은 NSLA 내에 있었다.

똑똑.

NSLA의 대표이사 살바토레 어바인의 집무실 밖에서 인기척이 느껴졌다.

"들어와."

"대표님, 부르셨습니까?"

살바토레의 비서실장 데미안 데마로쉬는 꾸벅 고개를 숙였다.

그런 데미안에게 살바토레의 불호령이 떨어졌다.

"…뭐야, 이게. 이딴 찌라시를 보고서라고 가져온 거야?"

"보고서를 받으셨습니까?"

살바토레는 데미안이 올린 '투자귀신 활동 보고서'를 신경질적으로 집어던졌다.

촤라락!

공중에 흩날리는 보고서 사이로 데미안의 굳은 얼굴이 보인다.

"충격은 이해합니다만, 진정하시는 것이 좋겠습니다."

"너 같으면 진정하겠어?! 투자귀신이 데이비드가 취미로 만든 이명이었다는 걸 몰라서 하는 소리야?"

"아니까 보고서를 올린 것이죠."

"허참, 뻔뻔한 자식이로군! 데이비드가 네 목숨을 두 번이나 구해 준 것을 잊었나?"

"…아니요, 잊지 않았습니다. 그러니 진정하라고 말씀드리는 거고요."

"뭐?"

"회장님께서는 지금 누군가가 데이비드의 명의를 도용해 투자귀신으로 활동하고 있다고 생각하시는 거 아닙니까? 하지만 만약 그랬다면 제니스 컴퍼니에서 먼저 움직였겠죠. 어디까지나 우리는 의형제, 그쪽은 부부관계니까요."

방금 전까지 분노로 부들부들 떨던 살바토레가 어느 정도 진정하는 것 같았다.

"그건… 또 그렇군."

"더군다나 로한나 쿠스버트는 투자명문가입니다. 만약 누군가 자기 남편의 명의를 도용하고 다녔다고 한다면, 절대 가만히 있을 위인이 아니죠."

"그럼 뭐야? 로한나가 데이비드의 이름을 도용하고 있다는 거야?"

"어쩌면 도용이 아니고 승계가 되었을 수도 있는 것 아닙니까?"

"……뭐?"

"조만간 제니스 컴퍼니에 회장님께서 직접 한 번 문의하시는 것이 어떠신지요?"

"조만간은 무슨! 지금 당장 해야지!"

불같은 성격의 살바토레는 당장 제니스 컴퍼니 대표이사에게 전화를 걸었다.

그녀는 곧바로 전화를 받았다.

-그래, 나야, 토니.

"한나! 얘기 들었어? 투자귀신 말이야! 어떻게 된 거지?!"

당장에라도 불을 토해 낼 듯이 구는 살바토레와는 달리 로한나는 수화기 너머로 피식 웃는 소리를 냈다.

-자기가 이럴 줄 알았지. 혹시 그 얘기는 못 들었어? 그 사람이 죽기 전에 제자를 거두었다는 사실.

"…뭐? 데이비드가 제자를?!"

순간, 얘기를 들은 데미안의 표정이 미묘하게 꿈틀거렸다.

"제자… 비슷한 건 데미안이 유일하지 않았던가?"

-그렇지 않아. 한국에 수제자가 있어. 그것도 엄청나게 유능한!

"어?!"

-안 그래도 그 친구 몰래 투자를 좀 해 볼 참이야. 얼마 전에 투자회사를 설립했다고 하거든. 엔젤투자 업계에 말이야.

"정말이야?!"

-관심 있으면 자기도 끼워 줄까?

"…그 친구가 제자를 남겼단 말이지? 후후, 재미있겠는데?!"

-원한다면 지분 좀 태워 줄 수도 있고.

"됐어! 나도 나름대로 그 친구랑 줄을 좀 대 보지, 뭐. 한국 로펌에서 변호사 하나 사서 넘길 테니까, 그쪽으로 유입시킬 수 있는 방법 좀 알아봐 줘."

오랜만에 살바토레의 얼굴에 화색이 돌기 시작한다.

그 모습을 지켜보던 데미안은 피식 웃으며 나직이 읊조렸다.

"판이… 재미있어지겠는데?"

§ § §

차상식의 비상장 주식회사 매입 노하우는 채권을 이용하는 것이었다.

─한국은 외환위기 직후, 은행들이 기업에 대출해 준 여신자금을 출자로 전환할 때 자본금 조달을 용이하게 만들기 위해서 CRV(Corporate Restructuring Vehicle)라는 것을 만들었지. 너도 그건 잘 알지?

"물론이죠! 시험에 나왔던 거니까요."

안 그래도 이번 CFA 12번 문제에 나왔던 것이 CRV, 그러니까 기업구조조정펀드 중에서 채권을 전문으로 취급하는 회사 업무에 대한 것이었다.

─이게 대한민국 구조조정에 큰 역할을 하고 있다 보니 세제혜택까지 주면서 키워 놨거든. 그런데 요즘 CRV라는 것이 단순히 유동성 확보 때문에 사용되던 곁다리 회사에

서 탈피해서 리스크 헷지의 영역까지 확장되었다는 거야.

"채권을 다루는 일인데 리스크를 피하는 수단으로 쓴다고요?"

-예전에는 환율 리스크 때문에 선물환을 많이 구매했었지? 이제는 거기서 한 발자국 더 나아가서 금리 리스트의 헷지를 위한 거래수단을 차용한다는 거야.

"그러네요. 금리도 운전자금 축소에 대한 리스크를 발생시킬 테니까요!"

-뭐 아무튼, 그래서 운전자금 확보 겸 경영권 방어형태 유지 목적을 위해 CRV에 채권 보유를 일부러 유도하는 사람들도 있어.

"아하! 티 안 나는 우호지분!"

-그래, 바로 그런 이유 때문이지.

"와… 그런 일례가 있는 줄은 몰랐는데요?"

-자주 쓰이는 건 아니고, 그런 사람들도 있다는 거지. 아무튼 간에 이 CRV 시장의 채권들이 요즘에 자주 모습을 드러내고 있어. 그래서 이걸 처분해 주는 자회사까지 등장할 정도지.

"장기불황 때문에요?"

-어쩌면 지금보다 경제상황이 더 나빠질 수도 있다고 생각하는 것 같아. 그래서 CRV에 의존하고 있는 것일 테고.

"음……."

-그래서 우리의 전략은 무엇이냐? 언플이든 뭐든, 수단과 방법 가리지 않고 동화해운의 경영진에게 물류전문 CRV를 접근시키게 만드는 거야. 그럼 어떻게 되겠어? 당연히 공정위의 감시가 붙겠지?

"SOC에서 출자해서 만든 단체의 지분을 가지고 있으니까!"

-그렇지! SOC를 이용하자는 거야. 그럼 자연스럽게 동화해운의 주가는 안정될 것이고 매집세력에 대한 정보도 빼낼 수 있지 않겠어?

"오호!"

한결의 목표는 동화해운 자체가 아니라 그 뒤에서 기생하고 있는 주가조작 세력들이었다.

이 세력들을 털어먹으면 아마 제법 큰돈을 만질 수 있을 것이었다.

그는 우선 IX홀딩스의 데이터베이스를 통해 동화해운의 지분구조가 어떻게 되어 있고, 현재 경영방식은 어떤지 알아보기로 했다.

§ § §

아침 9시에 맞춰 회사에 도착해 보니 벌써부터 부서는 정신없이 바쁘게 움직이고 있었다.

"부장님 나오셨습니까?"

"좋은 아침!"

인사를 건네온 사람은 무역투자기획팀의 팀장으로 발령된 이명선이었다.

이명선은 대리에서 과장으로 승진한 뒤, 무역투자기획팀의 수장으로 내정되었다.

팀 내 구성원은 다소 바뀌었지만, 그녀의 업무진행 능력은 여전했다.

"자동차 부품 컨소시엄이 최근 공정위의 조사를 받으면서 대현자동차가 우회 수출의 루트를 물색 중인 것으로 파악되었습니다. 해서 제3국 우회 수출로 부품을 수급한 뒤, 미국의 조립공장으로 옮겨 현지공략을 한다는 것이 저들의 프로젝트 방안인 것으로 보입니다."

"그러니까 결국에는 미국과 관세협정을 맺은 제3국에 나가 있는 회사들을 찾아야 한다는 거잖아요?"

"그렇습니다. 아무래도 AS컴퍼니에 의뢰를 해 보는 것이 어떨까 싶기도 합니다만."

최근 대한민국은 여러 가지 경제문제로 인해 우회 수출이 가장 보편적인 리스크 헷지 전략이 되어 가고 있었다.

근본적인 문제를 해결하는 것도 중요하나, 회사 입장에서는 최대한 빨리 경영을 정상화하는 것이 관건이기에 AS컴퍼니를 찾는 발길이 더욱 많아지고 있었다.

"좋아요, 일단 의뢰는 내가 해 둘 테니까 IX인터와 협력해서 관세전략부터 좀 수립해 놓으세요."

"알겠습니다. 그럼 오늘 오후에 IX인터에 다녀오도록 하겠습니다."

이제 IX인터와 소통하는 일은 한결이 아니라 부하들이 나눠서 담당하게 되었다.

의사소통이 예전보다는 더딘 것이 흠이었지만, 업무처리를 하는 인원이 늘어나다 보니 오히려 처리시간은 절반 이하로 줄어들었다.

"수고하고, 조만간 소주 한잔합시다."

"네, 부장님."

이명선을 보낸 뒤, 한결은 IX홀딩스의 데이터베이스로 접속했다.

2급 접근권한을 가지고 동화해운의 재무 및 경영구조에 대해 살펴보자 디테일한 사안들을 알아낼 수 있었다.

[동화해운 지분구조]
[동화해운 : 19.9%]
[의왕ICD : 9.9%]
[산업은행 : 8.7%]
…
[추후 변동추이 : 6.06%]

[변동사유 : 지주회사 비상장 주식 매각]
[아스트럴 인베스트먼트 : 1.1%]
[조이핫 파트너스 : 1.99%]
[노스웨일 투자정보 : 2.97%]

'그동안 의왕ICD랑 산업은행이 쌍끌이를 해 주고 있었는데, 동화해운에서 지분을 매각하는 바람에 사모펀드들의 보유분이 늘어나게 된 거네요?'
-지분구조가 복잡해지면 경영이 어려워질 텐데 말이야. 그나마 아직까지는 의결권 수치에는 못 미치니 다행이라고 해야 하나?
'저 세 개의 회사가 작전세력이라고 봐야 할까요?'
-아직 그렇게까지 생각할 근거는 없지. 다만, 우리가 저 세 개의 회사에 대해 알아보게 된다면 근거가 생길 수도 있지 않겠어?
'흐으으음.'
한결은 지분구조에 이어서 재무구조에 대해서도 알아보았다.

[동화해운 재무구조]
[채권현황]
[의왕ICD : 신규 채권 3.99% 출자전환]

[산업은행 : 신규 채권 4.11% 출자전환]
[신주발행 및 유상증자 : 970억]

'채권 출자전환에 유상증자 970억이면…… 갑자기 현금을 엄청나게 동원하기 시작한 거네요?'
-음………….
'이유가 뭘까요? 요즘 매출이 영 부진해서 그런가? 아니면 지금 크게 한탕 해 먹고 경영진들이 도망치려 했던 걸까요?'
-계속 봐 보자.
이번에는 프로젝트 합동출자 금액에 대한 정보가 나와 있었다.

[공동출자 : IX홀딩스]
[목적 : 지분관리]

'어?! IX홀딩스와도 교류가 있었네요!'
-오호…?
'그래서 동화해운의 사세가 기울었어도 IX홀딩스가 신경을 써 줬다는 느낌이 계속 든 거였구나!'
김한유는 IX홀딩스가 동화해운과의 계약을 계속 유지하며 지낸다고 했었다. 그 배후에는 이런 스토리가 숨겨져 있는 것이었다.
―갑자기 동화 쪽 주가가 가파르게 상승했지?
'네, 그랬었죠.'
차상식은 뭔가 눈치를 챈 모양이었다.
아까와는 말투와 눈빛부터 달랐다.
―IX인터로 IX홀딩스의 손실이 그대로 옮겨 갔었지?
'네, 그랬었죠. 근데 그건 왜요?'
―…그렇단 말이지?
'……?'
고개를 갸웃거리는 한결에게 차상식이 말했다.
―IX로직스의 재무구조를 좀 파악해 보자.
'갑자기요? 뭐 때문에 그러시는 건데요?'
―IX로직스는 IX인터 산하의 물류회사지?
'그렇죠.'
―내가 알기론 IX인터가 의왕ICD 건설에 출자한 뒤에 IX로직스를 설립했다고 했거든?
'…IX인터가요?'
―IX로직스가 의왕ICD의 건설에 출자하면서 받은 지분으로 15개의 입점 회사 명단에 이름을 올렸어.
'그런 일이 있었나?'
―넌 너무 어렸으니까 모르는 게 당연해.
'그런데 그게 이번 일과 무슨 관련이 있어요?'

-만약 누군가 의왕ICD로 들어가려고 SOC 출자회사 중 하나를 잘라내려 한다면?

'어?'

-그렇다면 저 970억이 이해가 돼.

'경영권 방어를 위해 조성한 돈이라는 뜻이네요?'

-그런 셈이지.

'그나저나 도대체 누가 이런 짓을……'

-사실, 감이 오는 회사가 있긴 해.

'설마하니… 블루마린?!'

-그래! 블루마린이 한국 물류시장을 석권하기 위해 움직였다면 아마도 지금과 같은 방법이 가장 효과적이라고 판단하지 않았겠어?

'와, 그게 진짜라면 보통 일이 아닌데요?!'

-그래, 보통 일이 아니지? 그럼 오히려 CRV를 움직이는 건 간단해져.

'공정위에 제보만 해 줘도……'

-그래, 바로 CRV를 붙일 수밖에는 없지. 안 그래도 공격적 인수합병 의도가 뻔히 보이는데, 가만히 있겠어? 다른 것도 아니고 SOC 자본인데!

'오호!'

의외로 일이 쉽게 풀릴 것 같다.

-그럼 우리는 그럼 다음 단계로 넘어가 보자!

§ § §

 동화해운의 재무정보를 바탕으로 추적한 아스트럴 인베스트먼트의 정체는 불분명했다.
 하지만 조이핫과 노스웨일은 그 정체가 분명하게 드러났다.
 그들을 한 마디로 표현하자면 '성인물'이었다.
 "조이핫……. 이름부터 어째 좀 거시기하다 했더니만."
 -큭큭! 아니, 무슨 싸구려 야동이나 올리던 새끼들이 투자회사까지 만드냐? 이게 맞아?
 "세상 말세라고 하더니, 진짜인가 봐요."
 조이핫은 인터넷 P2P 사이트인 '핫조이'를 시작으로 성인채팅방과 성인방송으로 사세를 확장한 후, 본격적으로 투자시장에 뛰어든 것으로 나타났다.
 불법과 합법의 그 언저리에서 아슬아슬하게 외줄타기로 돈을 벌었다는 것이 시장의 총평이었다.
 "그나마 노스웨일이 양반… 이라고 해야 하나? 나 참."
 -크하하하! 이거야말로 히트 아니냐? 성인오락실에 성인PC방 체인사업이라니!
 "그래도 야동은 안 팔아먹었잖아요?"
 -BJ들 벗겨 먹는 새끼들이나, 성인오락실에서 호구들 고리 뜯는 새끼들이나 거기서 거기 아니냐?

"하긴 노스웨일이 자행한 불법행위가 아직 적발되지 않아서 그렇지, 저쪽도 만만치는 않겠네요."

한결은 결코 인정하고 싶지 않았으나 저 둘이 돈을 모은 방법은 대한민국에서 가장 빨리, 가장 많은 현금을 동원할 수 있는 수단이었다.

너무나도 음성화되어서 정부에서도 도저히 손을 쓸 수 없는 사업, 그것이야말로 뒷골목에서는 블랙다이아몬드로 통하고 있었다.

"아무튼, 이제 이놈들이 뭐 하는 인간들인지 알았으니 절반은 한 건가요?"

-그렇지. 지피지기백전불태(知彼知己百戰不殆). 적을 알고 나를 알면 백번을 싸워도 위태로울 일이 없지.

"그런데 한 가지 궁금한 점이 있어요. 이번 작전에서 과연 우리가 투자금 대비 얼마를 거둘 수 있을까요? 판은 큰데 먹을 게 별로 없잖아요."

차상식은 한결의 의구심을 칭찬해 주었다.

-그래, 수익성에 대한 의구심. 그런 것이 투자자에겐 필요한 법이지!

"어…… 이번 작전에 대해선 누구라도 의구심이 들 만할 텐데요?"

-아무튼, 내가 봤을 땐 적어도 두 배 이상은 나오지 않을까? 뭐, 그런 생각이 드는데?

"정말요?!"

-아! 물론 이번 작전은 네 양심의 가책이 좀 필요해.

"…가책이라니요?"

-사기를 칠 거거든.

"엥?!"

-크흐흐! 아무튼 간에 제2 차명으로 채권이랑 주식 좀 사들이자. 최대한 타이트하게!

한결은 오늘따라 차상식이 좀 이상하다는 생각이 들었다.

"웃음소리가… 이상한? 아니, 좀 요망한데?"

-흐흐흐, 지나 보면 알아! 내가 왜 이런 소리를 내는지!

"으음!"

-아참, 그리고 채권이랑 주식 사들인 후에는 회사도 하나 설립해야 해.

"회사요? 어떤?"

-금융대부업체 말이야.

"대부? 돈 빌려 주는 회사를 세운다고요?"

-이참에 나쁜 놈들 돈 빨아먹는 대부업체 하나 세워도 괜찮지 않겠나 싶어서 말이야.

"어…… 뭐, 그거야 어렵지는 않은데……."

금융회사는 몰라도 대부업체의 등록은 어렵지 않다. 요건만 맞는다면 회사 세우는 것쯤이야 간단하다.

문제는 그 의도일 것이다.
"우리 싸부님이 오늘따라 더 사악해 보이는데?"

§ § §

동화해운의 주가는 사흘 만에 1만 6천 원에서 2만 원까지 올랐다.
그야말로 상식을 뛰어넘는 상승이 아닐 수 없었다.
"…젠장, 매입비용이 얼마라고?"
"목표 보유까지 20억 정도 더 써야 할 것 같습니다."
"니미럴, 20억이 뉘 집 개 이름도 아니고!"
"아무래도 중간에서 누군가 자꾸 추격매수를 하는 것 같은데요?"
"…개미들이겠지, 뭐. 이놈의 개미 새끼들을 털어 내고 갔어야 했는데!"
조이핫의 대표이사 구필교는 통장에 있는 사비까지 탈탈 털어 가면서 동화해운의 주식을 매입하고 있었다.
여기서 자칫 잘못되면 순식간에 빈털터리가 되어 거리에 나앉을 수도 있다.
"핫조이에서 나오는 돈은 얼마나 되냐?"
"일 수익이 1억 좀 안 됩니다."
"…좀 더 화끈하게 벗으라고 그래. 안 되면 남자 새끼들이라도 좀 데려다 앉히든가."

"그럼 방송정지를 당할 텐데요?"

"지금 그게 문제야?! 20억을 도대체 어디서 마련하느냐고!"

"그… 알아보니까 주식을 담보로 대출해 주는 회사도 많답니다. 그쪽으로 좀 알아보심이 어떠하신지?"

"…담보?"

"어차피 의결권 3%만 채우면 주주배당 의결시켜서 20억쯤은 가볍게 땡길 수 있지 않겠습니까? 우리가 가진 지분이 얼마인데요."

"주식담보대출이라……."

주식을 담보로 대출을 받으면 이제 남는 것은 불법이나 다름이 없는 사이트들과 서버 몇 대뿐이다.

하지만 구필교는 여기서 물러날 수 없었다.

"…씨발, 남자가 칼을 뽑았으면 썩은 소시지라도 잘라야지. 안 그러냐?"

"들리는 소문에 의하면 중소기업에게 자금을 지원해 주는 사람들이 있다고 합니다. 그쪽으로 신청을 넣으면 주식을 담보로 투자까지 받을 수도 있을 것 같은데요?"

"뭐, 투자? 어떤 미친 새끼가 벗방이나 팔아먹는 새끼들한테 돈을 투자한단 말이야?"

"업종을 IT로 걸어 놓고 의왕ICD에 투자 중이라고 대충

꾸며 놓으면 아마 잘 모를 겁니다!"

"으음…………."

"일단 그쪽으로 알아본 다음 사채든 뭐든 끌어오면 되지 않겠습니까?"

구필교는 나름대로 이 바닥에서 잔뼈가 굵은 사람이다. 전문지식까진 없더라도 눈치라는 게 있었다.

"지금 주가가 계속 오르지?"

"네, 그렇습니다."

"지금 저 새끼들도 있는 대로 지분을 마구 긁어모으고 있을 거 아니냐. 그치?"

"그러니 주가가 이렇게 오르는 거겠죠?"

"좋아, 지금이 타이밍이다! 당장 주식, 담보로 잡고 대출이든 투자든 아무거나 알아봐. 돈만 나온다면 뭐든 상관없어!"

돈독이 오르면 눈에 보이는 것이 없는 법이다.

구필교는 모든 것을 건 한 방을 준비하기 시작했다.

제11장
제보전화

작전 시작 이틀 뒤. 한결은 엔젤투자협회로 도착한 구필교 대표의 'IT회사 물류 진출사업에 대한 투자요청'이라는 내용의 매칭을 받았다.

"와! 미끼를 이렇게 물어 버린다고요?"

―주가는 계속 오르지, 시장에 풀린 채권은 이제 바닥이지! 저 새끼들, 똥줄 안 타고 배기겠냐?

"아무튼, 그래서, 이젠 어쩌시려고요?"

―어쩌긴! 대출을 해 주고 주가를 올려야지!

"…주가를 올려요?"

―저 새끼들이 지분율 3%를 채우려면 아직 20억이 필요하거든? 그런데 이번에 우리가 주가를 더 올려서 아예 30억까지 높여 버릴 거야. 그럼 안 그래도 빠듯한 마당에 대

출만 땡기다가 그대로 고사하게 된다는 거지!

"아! 그래서 대부업체를 만들었어요? 헐! 그 정도로 사악할 줄이야. 사탄이 형님, 하시겠네."

―크흐흐! 사악한 새끼들한테는 사악하게 굴어도 돼.

"와, 이건, 진짜. 아니, 와…… 그래서 양심의 가책이 문제라고 한 거예요?"

―아무리 개새끼들이라도 개털로 만드는 건 양심상의 문제가 생길 수도 있는 일이거든.

한결은 피식 웃었다.

"개새끼들 조지는데 무슨 양심이 필요합니까? 그냥 조지면 되는 거지."

―큭큭큭! 역시, 내 제자야! 사악한 것까지 잘 배웠어!

"아무튼 간에 그렇게 저 새끼들을 벗겨 먹으면, 우리가 저놈들 담보를 빼앗아서 지분을 강탈한다는 거죠?"

―잘하면 회사까지 싸잡아서 아예 털어먹을 수도 있는 거고!

한결은 절로 고개를 끄덕였다.

"…사악한 놈들에게만 써먹는 전략이라고 한다면, 졸라 좋은데요?"

―그치?!

인간 같지도 않은 놈들을 박살 내는 것만큼 짜릿한 것도 없다.

하지만 한결은 뭔가 자극이 부족하다고 느꼈다.

"흠! 아니지! 이대로 그냥 끝내기엔 뭔가 좀 부족한 느낌이지 않아요? 끽해야 돈 100억쯤 떼이고 뒈지는 소리 하다가 끝날 수도 있는 거잖아요?"

-오호! 여기에 뭔가 자극이 더 필요하다 이거지?

"네! 기왕이면 아예 거지새끼를 만들 수 있으면 좋을 것 같은데!"

차상식은 피식 미소를 지었다.

-거지? 얘가 아직도 뭘 모르네. 짜샤, 저 새끼들은 이미 거지나 다름없어. 공정위가 털면 개털도 안 남아.

"아! 맞다! SOC 자본!"

-쟤네들이 왜 저렇게 불나방 같은 짓거리를 시작한 것인지는 모르겠지만, 아마 이제 곧 야반도주를 하거나 외항선을 타야 할 거야. 공정위 그 새끼들이 독하긴 또 더럽게 독해서 한번 칼을 뽑으면 진짜 끝장을 보는 놈들이거든.

"CRV가 경영진에게 접근하면 공정위가 당연히 뜬다고 하셨죠! 그럼 뭐, 이미 게임은 끝났네요."

-그럼 우리도 준비 끝났겠다. 공정위로 제보전화 한 통만 남겨 볼까?

§ § §

늦은 밤.

AIB 한국지사 M&A 본부로 한 통의 전화가 걸려왔다.

삐비비비빅!

전화가 걸려온 라인은 정부 직통선이었다.

어제부터 야근으로 피곤함을 느끼고 있던 제임스 스와든이지만, 정부 라인의 직통전화가 울리자 정신이 번쩍 들었다.

"…뭐야, 이 시간에 정부에서 어쩐 일로?"

그는 목청을 가다듬고 전화를 받았다.

"크흠! 네, 제임스 스와든입니다."

-늦은 밤까지 수고하십니다. 공정위 기업집단관리국 산하 기업집단관리과장 표진욱이라고 합니다.

"공정위요?"

순간 제임스의 얼굴이 딱딱하게 굳어졌다.

이 세상에 저승사자의 전화를 받고 좋아하는 사람은 없을 것이다.

"…공정위에서 어쩐 일로?"

-이번에 의왕ICD 지분과 관련해서 제보가 들어왔는데 말입니다. 제보자가 자신을 투자귀신이라고만 말했거든요. AIB에서 그쪽 파트너라고 하던데, 맞습니까?

"투자귀신?"

순간, 제임스는 고개를 갸웃거렸다.

요즘 의왕ICD에 대해 말이 많기는 해도 굳이 자기 이름까지 알려 가며 제보를 할 이유가 있을까 싶었다.

'…무슨 생각인 거지?'

도대체 종잡을 수가 없는 사람이다.

제임스는 투자귀신의 행동에 의아함을 품은 채 공정위와의 전화를 계속 이어 나갔다.

"네, 그렇습니다. 제가 담당자이고요."

-흠…… 이것 참, 제 입장이 아주 난처합니다. 아시죠? 의왕ICD 입주 기업에 대한 공격적 인수합병 움직임 때문에 산업은행이 날이 바짝 서 있잖습니까?

"그렇기는 하죠."

-그런 상황에서 투자귀신이라는 양반이 악성 정크본드 제보를 해 버린 겁니다.

"정크본드? 한국에서 말입니까?"

-네! 그러니 어쩝니까? 수사를 안 할 수도 없으니 CRV 앞세워서 조사인원들을 꾸리고 있죠.

신용도는 낮지만 미래가치가 높다거나, 우량기업이 잠시 경영악화를 맞아 고금리의 채권을 찍어 내기도 한다.

하지만 그렇지 않은 경우도 있다.

부실 회사를 인수한 뒤, 무분별한 악성채권을 찍어 내 돈을 조달하는 악의적인 채권발행 사례도 꽤 많은데, 이러한 악성 '정크본드'는 기업계에 심각한 악영향을 초래하는 행위이다.

-우리는 제보를 받았으니 조사를 하긴 해야겠는데, 우리

가 움직인다는 얘기를 듣자마자 여기저기서 청산절차를 밟는 기업들이 많아졌단 말이죠?

"악성채권 말입니까?"

—지금까지는 내내 가만히 있다가 CRV로 의왕ICD를 턴다고 하자마자 여태껏 잘도 꼬불쳤던 쌈짓돈들을 풀어낸단 말입니다.

"허!"

—이에 대해서 AIB는 어떤 대가를 바탕으로 의뢰를 한 적이 있습니까?

"…아니요. 저는 CRV를 움직였다는 것도 지금 처음 듣습니다."

—하긴 M&A 쪽에 계셨으니 모를 수도 있겠죠. 뭐 아무튼, 그럼 AIB는 관련이 없다는 거죠? 거짓말하시면 곤란합니다.

"제가 바보가 아닌 이상에야……."

—알겠습니다. 그럼 이만.

제임스 스와든은 수화기를 내려놓곤 잠시 생각에 잠겼다.

"……그럼 그 모든 것이 우연이 아니었다는 소리인가?"

지난번에도 비슷한 이유로 악성채권을 회수한 적이 있었다.

처음에는 우연의 일치인가 싶었지만, 이제는 생각이 달

라졌다.

"투자귀신은 악성채권을 일부러 해결한 거야!"

우연이 겹치면 필연이라고 했다.

믿기 힘든 얘기이지만 투자귀신은 일이 이렇게 흘러가도록 판을 짜 놓은 것이었다.

그렇다면 도대체 왜, 굳이 악성채권을 정리하도록 하는 것일까?

"도대체 모르겠군. 하지만……."

의도가 뭔지는 몰라도 투자귀신은 보통 인물이 아니라는 것만큼은 확실했다.

이 순간, 그는 생각한다.

투자귀신은 절대 적으로 돌리면 안 된다고.

§ § §

다시 이틀이 지났다.

동화해운의 주가는 다시 올라 3만 원에 근접했다.

"…이런 씨발!"

"30억을 대출했는데 10억이 더 필요하다니! 형님, 이쯤에서 그냥 발을 뺄까요?"

"장난하냐?! 선이자 떼 주고 담보도 잡았는데, 이대로 물러나? 차라리 망하라고 고사를 지내라, 이 새끼야!"

"아!"

구필교는 불과 이틀 만에 살이 4kg이나 빠졌다. 밥은커녕 물도 제대로 못 마시고 소주에 담배만 주야장천 피워 댔기 때문이다.

"야, 나가서 소주랑 담배 좀 사 와. 딱 뒈질 것 같다."

"안 그래도 막내들한테 심부름시켜 놨습니다."

"그래, 잘했다……."

스트레스 때문에 코피까지 터질 지경이었다. 그런 스트레스를 이길 수 있는 방도라곤 담배와 술뿐이었다.

구필교가 소파에 누워서 쉬고 있는데 부하의 전화가 울렸다.

"어, 그래, 왜 안 오고 전화질이야? 뭐?!"

"…무슨 일인데 그래?"

마치 지쳐서 더 이상 움직일 수 없는 고행자가 된 것처럼, 구필교는 작은 사건 하나에도 힘이 쭉쭉 빠지는 것을 느꼈다.

한데 이번 일은 결코 작은 사건이 아니었다.

"형님! 우리 카드가 다 정지되었다는데요?!"

"뭐?!"

"현금인출기 사용도 막혔고, 회사 통장이 전부 압류된 것 같답니다!"

"씨발, 그게 뭔 개소리야! 멀쩡하던 통장이 왜 막혀?!"

"도대체 어떻게 된 일이지?!"

자리에 누워 축 늘어져 있던 구필교는 초인적인 힘으로 몸을 일으켰다.

그는 아는 인맥들을 총동원해서 사태를 파악하기 시작했다.

"유선아! 나다, 필교!"

-구 사장! 왜 이제 전화를 해?!

"……왜? 무슨 일 있어?"

-지금 의왕ICD 쪽으로 공정위가 치고 들어가서 칼춤을 추고 있다잖아!

"뭐?!"

-이제부터 장외주식이고 나발이고 인왕ICD랑 관련된 모든 것들이 거래정지야! 씨발! 우리 이제 거리에 나앉게 생겼다!

"하! 거래정지?!"

-지금 구 사장 쪽에서 얼마나 밀어 넣었지?

"…100억쯤 되지."

-아스트럴에 공동투자한 것까지 합치면 거의 200억쯤 되지 않아?

"맞아, 그 정도…. 으으윽!"

전화를 붙잡고 있던 구필교의 손이 사시나무 떨리듯 떨더니 이내 코피를 쏟으며 쓰러지고 말았다.

"쿨럭!"

"형님! 이런 씨발! 구급차 불러! 얼른!"

이내 경련이 전신으로 퍼져 나가기 시작했고 코피가 쉴 새 없이 쏟아져 나왔다.

순식간에 바닥이 온통 피로 물들 때쯤 구급대가 도착했다.

소방관들은 구필교의 의식부터 확인했다.

"선생님! 성함이 어떻게 되십니까?!"

"끄으으윽…."

"네?! 정확하게 말씀해 주세요!"

"…또오오…."

"안 되겠습니다! 큰 병원으로 빨리 옮겨야겠어요!"

그렇게 들것에 실려 가는데 구필교가 또렷한 목소리로 외쳤다.

"이런 씨바알! 내 도오온!"

"어?! 움직이시면 안 돼요!"

일단 몸은 묶어 두었지만, 발작하는 사람을 들것에 들고 간다는 것이 결코 쉬운 일은 아니었다.

구급대원들은 일단 환자를 바닥에 뉘어 놓고 그를 진정시켰다.

"지금 병원으로 이송 못 하면 큰일 날 수도 있어요! 진정하세요!"

"켁, 켁!"

구필교는 심지어 각혈까지 토했다.

"그냥 옮겨! 어쩔 수 없어!"

"…장난 아니네! 반장님, 저 사람 왜 저러는 겁니까?"

"울화통이 터진 거지, 뭐! 가끔 있어. 주식하다 집 날린 사람, 코인하다 집안 말아먹은 사람……. 뭐, 그런 사람들이 보통 저래."

말 그대로 울화통이 터져 피를 토한 것이다.

이 순간, 구필교의 귓가에 종소리가 들렸다.

땡, 땡, 땡!

인생 종 쳤다는 말, 그는 그것을 실감한 것이었다.

§ § §

동화해운의 작전세력은 공정위의 개입으로 허무하게 무너져 내리고 말았다.

그 틈바구니에서 한결이 본 이득은 대략 120억 원 남짓이었다.

자금 동맥경화로 자빠진 조이핫을 인수해서 분해해 팔기 시작했다.

"와! 진짜 쥐어짜면 짜는 대로 나오긴 하네요?"

-이래서 금융권이 압류부터 거는 거야. 먹을 게 아무리

없어 보여도 살살 긁어 내면 뼈에 붙은 살점이 떨어지기 마련이니까.

"그런데 아저씨, 정말로 조이핫을 합병할 생각이세요?"

-왜? 쪽팔려?

"그… 아무래도 야동 팔아먹던 새끼들인데, 좀 그렇지 않나 해서요."

-뭐 어때? BJ들은 합법 플랫폼으로 넘어갔고, P2P는 서버 통합해서 잘 매각했고. 찜찜할 일도 아예 없는 것 같은데?

"음, 그건 그러네요."

차상식은 한결이 왜 이렇게 조이핫의 인수합병에 부정적인지 잘 알고 있었다.

-인마! 저번에 한 번 실수로 이미지 버렸다고 해서 너무 조심스러워선 안 돼!

"…눈치 채셨어요?"

-그리고 네가 뭔가 착각하는 것 같은데, 옳은 일을 한다고 해서 꼭 사람들이 네 정의감까지 알아줘야 한다는 생각은 버려. 정의를 실현하기 위해서는 때론 똥물을 뒤집어써야 할 때도 있는 법이야.

"아!"

한결은 차상식의 말에 상당한 충격을 받았다.

지금까지 주변의 평가에 휘둘리는 어리석은 짓을 하고

있었다.

-목표는 목표, 이상은 이상. 알아듣냐?

"알겠어요. 명심할게요!"

예정대로 조이핫의 인수합병을 진행하기로 한 한결은 AIB에 합병요청을 해 두기로 했다.

이제 수순대로 합병이 마무리되면 조이핫이 가지고 있던 검은 장부들이 한결의 손으로 들어오게 될 것이었다.

딩동!

요청을 하자마자 제임스 스와든에게서 곧장 답장이 왔다.

[AIB 제임스 스와든 : 항상 저희 AIB를 찾아주셔서 감사합니다. 인수합병 중개요청은 잘 받았고, 곧바로 시행에 들어가겠습니다. 단, 이번 건은 무료로 진행해 드릴까 합니다]

"어?"

§ § §

너무나도 뜻밖이라 어안이 벙벙했다.

"무료? 갑자기 웬 공짜?"

―세 번 사용하면 한 번 서비스, 뭐 그런 건가?
"에이, 치킨집도 아니고 AIB인데요?"
―큭큭! 요즘은 IB도 로스리더를 하나 보지.
"그런 건가?"
월가에는 공짜 점심보다 비싼 것은 없다는 격언이 있다.
그 격언처럼 한결은 공짜는 일단 경계하고 보는 성격이었다.

[나 : 무료 진행을 해 주시는 이유라도 있습니까?]
[AIB 제임스 스와든 : 지난번 인수 때 미수금을 회수했고, 이번에도 마찬가지로 미수금을 꽤 많이 회수했습니다. 해운 쪽에 특히나 미수금이 많았는데, 이번에 아주 시원하게 해결되었습니다]

"아! 이번에도 나비효과?"
―이야, 이건 뭐! 네가 손을 대는 족족 대박이 터지잖아? 감이 좋아도 너무 좋은 거 아니냐?
"엥? 이번엔 내가 한 게 아니라 아저씨가 판을 짠 건데요?"
―뭐, 어쨌든 간에?
확실히 한결의 감이나 운은 눈에 띄게 좋아지고 있었다.
뒤로 자빠져도 로또가 당첨될 정도의 행운까진 아니더라

도, 무엇을 하든 충분한 보상 그 이상의 것을 거머쥘 수 있다는 뜻이다.

[나 : 공짜보다는 수수료나 좀 깎아 주시죠]
[AIB 제임스 스와든 : 알겠습니다. 수수료는 충분히 삭감해 드리겠습니다]
[나 : 감사합니다]
[AIB 제임스 스와든 : 그리고 아울러 한 가지 부탁을 좀 드리고 싶습니다]
[나 : 네, 말씀하세요]
[AIB 제임스 스와든 : 혹시 저희가 원하는 회사를 최대한 저렴하게 인수해 주실 수도 있습니까?]

"어? 지금 저쪽에서 우리한테 인수합병 외주를 맡기겠다는 거예요?"
-우리를 단순한 투자자가 아니라 투자세력으로 보겠다는 거지. 한 마디로 세컨더리 거래를 하고 싶다는 거네.
"아!"
세컨더리라고 해서 비단 시중에 있는 물건만 거래하라는 법은 없다.
"엄청 이득이 되겠는데요?"
-이득만 되겠어? 명성도 쌓이겠지.

"그럼 할래요!"
-큭큭! 그래, 한번 해봐.

[나 : 네, 그러시죠]
[AIB 제임스 스와든 : 앞으로 매입하고 싶은 유형의 회사들을 수시로 말씀드릴 테니까 인수 및 합병 과정에서 생기는 회사나 지적재산권 등을 저희에게 매각하시면 됩니다]
[나 : 알겠습니다]
[AIB 제임스 스와든 : 또한, 공짜는 싫다고 하시니 앞으로 귀하의 인수합병으로 생기는 이득이 일정수준 이상을 넘어갈 때마다 뭔가 선물을 하나씩 드리고자 합니다. 이번에도 실적이 상당히 쌓였기에 조만간 근사한 선물을 하나 보내 드리겠습니다. 괜찮으시죠?]
[나 : 네, 그 정도야]

이로써 AIB와의 관계도 한 단계 진전된 느낌이다.
"요즘 개이득이 많네요!"
-그나저나 선물로 뭘 주려나?
"그러게요."
아무리 공짜가 싫어도 뭔가 대가로 받는 선물은 언제나 기분이 좋은 법이다.

[AIB 제임스 스와든 : 아참, 그리고 말입니다. 귀사에서 가지고 계신 핫 스탬프 기술을 매입하길 원하는 회사가 있습니다. 매각 원하시면 언제든 말씀해 주십시오]

"어?"
-오호! 이것도 개이득의 냄새가 나는데?!

[나 : 제안 가격은요?]
[AIB 제임스 스와든 : 1,250억입니다]

"…어, 씨! 대박!"
-크하하하하! 운이 기막히게 좋구나! 이야, 이런 날 소주 한잔 안 하냐?
"해야죠! 도미회에다가 한잔 거하게 땡기자고요!"
-오! 도미 좋지!
역시 대박은 대박을 낳는 법이다.

§ § §

대한민국 5대 로펌 홍익.
이곳은 법조계의 탑 오브 더 월드라고 불리는 회사이다.
그런 홍익이기에 피 튀기는 경쟁이 매일 벌어지곤 한다.

"이봐, 문 변. 이러다가 맞선임들 자리까지 채 간다고 하겠어? 어떻게 수임하는 건수마다 줄줄이 버디샷이야?"

"운이 좋았던 것뿐입니다."

홍익의 파트너 변호사(Working Partner) 문병선은 M&A를 전문으로 하고 있었다.

2년 전부터 수임하는 소송마다 전부 승소했고, M&A가 줄줄이 성공하는 바람에 '인수 전문 변호사'라는 평판까지 얻었다.

최근에는 대한민국 5대 재벌인 KA그룹의 화학회사 인수전에서 전환사채 관리내규라는 악재를 해결함으로써 업계의 주목을 받았다. 그래서 그런지 홍익의 공동대표이자 문병선의 시니어 변호사였던 양춘익은 그를 참으로 아꼈다.

"내 밑에서 까마득한 막내로 일했던 것이 엊그제 같은데 벌써 지분파트너 논하는 사이가 되어 버렸네그려. 응?"

"이게 다 대표님께서 잘 키워 주시고 가르쳐 주신 덕분 아니겠습니까?"

"으하하! 그래, 그래! 우리 문 변을 내가 아주 잘 키워 냈지! 덕분에 로펌 모임에 나가면 아주 기가 산다고!"

로펌의 법조인 집단의 가장 말단인 어쏘 변호사(Associate Lawyer)는 많은 업무량을 소화하면서 노동법 따위는 수시로 어길 수밖에 없는 계층이다.

그럼에도 불구하고 어쏘 변호사들은 노동법 따위는 개나

줘 버리라는 심정으로 일에 매달린다.

오로지 하나, 로펌의 파트너 변호사가 되기 위해서다.

문병선은 그 치열하다는 홍익의 파트너 경쟁을 뚫고 드디어 워킹 파트너의 자리를 따냈다.

이제는 지분파트너(EP, Equity Partner)로 올라갈 일만 남았다.

"자네 박 변 알지? 이제 자리에서 은퇴하고 작은 사무실이나 굴리면서 살 거라던데, 덕분에 EP 자리 하나 남았어. 이사회에서는 자네를 점찍은 모양인데, 잘해 보라고."

"……네, 대표님!"

지분파트너는 로펌의 지분을 받는 파트너 변호사다. 이 EP들의 회의를 통해 로펌 운영에도 관여하기 때문에 로펌의 허리라고도 부른다.

진정한 성공 가도를 달리기 위한 한 자리, 이제부터는 그 자리를 놓고 경쟁해야 한다.

"아참, 오늘은 말이야 자네에게 고문변호사 자리를 하나 줘 볼까 해서 불렀어."

"고문이요?"

"이 사람, 알아?"

양춘익이 건넨 것은 'AS컴퍼니 GP-투자귀신'이라는 보고서였다.

고개를 갸웃거리는 문병선이 의문을 표했다.

"이게 누굽니까?"

"자네가 앞으로 고문변호사 역할을 해 줘야 할 사람이지."

"상호명이 귀신인 겁니까?"

"아니, 닉네임."

"예?"

문병선은 황당함에 입을 다물 수조차 없었다.

도대체 실명도 아니고 가명 따위나 쓰는 사람을 뭣 때문에 수행해야 한다는 것인지 이해가 되지 않는 것이었다.

"…혹시 거절해도 되겠습니까?"

"그럼 파트너 변호사 자리는 없을 텐데?"

"어째서……."

"내 명령을 거절하는데 지분파트너 자리를 줘야 할까?"

순간 문병선은 저 사람 좋은 미소를 짓는 양춘익에게서 뜨거운 불길 같은 분노를 느끼고는 재빨리 고개를 숙였다.

"죄송합니다! 제 생각이 짧았습니다!"

"음, 그래, 보스가 명령하면 그렇게 따르는 거야. 잊지 말라고."

결국 이름도 모르는 사람의 고문변호사가 되고야 말았다.

터덜터덜 힘없이 대표 집무실을 나선 문병선은 익숙한 목소리에 고개를 돌렸다.

"이야! 문 변! 오랜만이야?"
"아, 김 변."
"요즘 필드에도 잘 안 나오고. 바쁜가 보네?"
"그렇지 뭐."
같은 워킹 파트너이자 입사 동기인 김종학이었다.
"내려갈 거지?"
"응."
문병선은 김종학과 함께 엘리베이터에 탔다.
그는 한 손은 주머니에 쿡 찔러 넣고 스마트폰에 시선을 쏟고 있었다.
"뭘 그렇게 봐?"
"성공시대라고, 주식 커뮤니티 있어. 아참, 문 변은 주식 안 하니 잘 모르겠네."
"…그렇군. 재미있어?"
"이게 진짜 재미있어! 사건사고가 많거든! 요즘에 투자귀신이라고, 엄청 잘나가는 슈퍼개미가 있는데, 이 사람이 글쎄 그 유명한 안성중공업을 30억에 인수했다는 거 아니야?"
"안성중공업? 그거 깡통회사잖아."
김종학은 피식 웃음을 지었다.
"깡통? 에이, 문 변이 아직 뭘 모르네! 이 회사가 이차전지 음극재 특허를 가지고 있었다고! 그런데 그게 얼마에 팔렸는지 아나? 무려 560억이야!"

M&A 업계에 있기에 문병선도 시장이 뭐가 어떻게 돌아가는지 정도는 알고 있었다.

하지만 이런 비하인드 스토리가 있는 줄은 몰랐다.

"진짜 멋진 건 뭐냐면, 560억에 음극재 특허를 팔면서 이런 얘기를 했다는 거야. 우리 대한민국의 기술을 두 번 다시 팔아먹지 마라! 크흐! 죽이지 않냐?!"

"말만 하면 뭐 해? 공증이라도 받아야지."

"당연히 계약서에 들어가 있지!"

만약 김종학의 말이 사실이라면 그 투자귀신이라는 인물은 예사 사람이 아니다.

"그… 어플 이름이 뭐라고?"

"성공시대! 내가 톡으로 게시글 URL 남겨 줄 테니까 한번 봐봐. 볼 만하다, 진짜!"

"으음……."

마치 무언가에 홀린 듯, 김종학이 보내 준 URL을 클릭하는 문병선.

간단히 가입절차를 마치고 투자귀신의 행보에 대해 알아보았다.

몇 개의 게시글을 읽어 본 문병선은 몇 번이고 게시글의 날짜와 시간을 확인했다.

"…이 사람, 무슨 무당이야?"

"재미있지? 대단한 사람이라니까!"
"나 참."
IMF를 예견했다던 과거 글을 비롯한 최근의 행적은 마치 예언자의 발자취를 따라가는 듯한 기분이었다.
'뭐야, 이 인간?'

§ § §

한결은 새로운 업무로 바쁜 나날을 보내고 있었다.
따르르르릉!
"네, 신한결입니다!"
-신 보스! IX인터 황 부장이야!
"네, 부장님! 안녕하셨죠?"
-얼마 전에 부장 승진했다면서! 이야, 축하해!
"감사합니다! 조만간 소주 한잔 사겠습니다!"
-그래, 그래! 뭐, 아무튼 간에 이번에 연락한 건 다름이 아니라 이번에 우리 IX인터가 동화해운을 인수하게 되었거든? IX홀딩스 이사회에서 이번에 예산심사를 한다는데, 혹시 투자관리부에서도 알고 있나 해서 말이야.
"어? 저는 아직 못 들었습니다만."
-…어떤 새끼인지는 몰라도 중간에서 자꾸 우리 커뮤니케이션을 방해하는 것 같은 느낌이 든단 말이지?

다른 건 몰라도 IX인터와의 관계를 자꾸 차단시킨다는 것은 큰 문제였다.

'뭐야, 이거?'

-스파이가 숨어 있나?

'스파이 문제면 큰일 아닌가요?'

-뭐, 이 바닥에 스파이 설치는 것쯤이야 그렇게 드문 일도 아니고, 어차피 이렇게 정보가 오가다 보면 자연스럽게 알게 될 거야.

'음!'

한결은 일단 자신이 할 수 있는 최선을 다하기로 했다.

"일단 제가 공 상무님을 한번 만나 보겠습니다. 저 나름대로 조사도 좀 해 보고요!"

-그래, 자네가 이 사실을 알았으니까 뭔가 변화가 있겠군. 기다리고 있을게!

"네, 들어가십쇼!"

관리하는 부서가 커지니 이전과는 또 다른 문제가 생기기 시작했다.

'조직관리가 쉽지 않네요.'

-앞으로는 더 큰 조직을 관리해야 할 테니 연습이라고 생각해.

황 부장의 전언을 메모하고 이제 다시 업무에 집중하려는 참이었다.

딩동!
이번에는 AIB에서 메시지가 왔다.

[AIB 제임스 스와든 : 투자제안이 왔습니다. 한번 읽어 보시겠습니까?]
[첨부파일 : 1개]

한결은 고개를 갸웃거렸다.
'파트너 은행을 통해 투자제안을 하는 경우도 있나? 그런 경우가 있어요?'
-드물기는 하지. 하지만 접선책이 아예 없으면 그렇게 하는 경우도 왕왕 있기는 해.
한결은 첨부파일을 열어 보았다.

제12장
투자제안

파일은 팩스의 내용을 그대로 붙여 넣은 것이었다.

[메시지]
[보낸 이 : 동백 숲(LOVE19950101)]
[반갑습니다. 투자귀신님, 투자법인 웨스턴비치의 동백 숲이라고 합니다…]

'이게 뭔 소리여? 동백 숲이라니. 장난하나?'
―음?
차상식의 눈이 찰나에 흔들렸다.
하지만 이내 아무렇지도 않은 듯 잔잔한 미소를 지었다.
'쌩깔까요?'

―아니야, 한번 보자. 파트너 은행을 통해 연락을 했으니 사기꾼은 아닐 거야. 제임스 스와든도 그런 것쯤은 알아서 걸러냈을 거고.

'이상하네? 아저씨 성격에 이쯤 되면 욕이라도 한 바가지 쏟아 냈어야 할 텐데?'

―아무튼, 한번 믿어 봐. 나쁘지는 않을 것 같아.

어째 그림이 좀 수상하긴 해도 차상식이 헛소리를 할 사람은 아니었다.

한결은 투자제안을 들어 보기로 했다.

동백 숲이라는 사람의 제안은 이러했다.

최근 탈중국 자본이 아시아 전역으로 퍼져 나가고 있으니 뚜렷한 호재와 투자 아이템을 갖고 클라이언트들을 붙잡자는 것이었다.

"탈중국이라……."

―중국의 금융 불안이 워낙 심하니 탈중국이 아예 유행처럼 되어 버린 것 같군.

"벌써 3분기 만에 아시아에 풀린 탈중국 자본이 900억 달러라고 하니까요. 그렇다면 앞으로는 더 풀릴 것이라는 소리잖아요? 그렇다면 알타시아로 돈이 몰리고 있는 현상이라는 뜻일까요?"

알타시아(Altasia), 대안이라는 뜻의 얼터너티브(alternative)와 아시아(Asia)를 합성한 단어다.

이는 중국의 인건비 상승, 정부의 규제, 시장의 불안도 상승과 금융시장의 불확실성이 대두되면서 이른바 '탈중국' 이후의 아시아 경제를 지탱할 중국의 대체시장을 일컫는 말이다.

−알타시아 이론이라는 게, 결국에는 나프타 경제동맹이랑 구조는 비슷한 거거든. 일본, 한국, 대만, 싱가포르에서 기술과 자금을 지원하고 인도나 인도네시아 같은 인구 대국이 노동력을 제공한다는 메커니즘이잖냐.

"그런 셈이죠. 미국의 자본, 캐나다의 자원, 멕시코의 인력이 만들어 낸 콜라보레이션이 나프타의 골자였으니까요."

−만약 이론대로만 굴러간다면 오히려 중국 시장보다 아세안 14개국이 굴리는 시장이 더 매력적일 수 있다는 것이긴 해. 실제로 중국이 40년 만에 무너지네 마네 하던 것이 몇 년째 계속되고 있고.

"그럼 알타시아에 대한 공격적 투자를 아이템으로 잡고 가면 되는 걸까요?"

차상식은 고개를 가로저었다.

−동백 숲이 말하는 탈중국 자본의 사냥이론은 그런 단순한 얘기가 아닐 거야.

"그렇다면 숨은 속뜻이 있다는 얘기예요?"

−그러지 않을까?

"흠……."

―천천히 한번 생각해 봐. 생각하다 보면 저절로 답이 나오게 될 거야. 어쨌든 간에 동백 숲이 너를 GP로 하는 투자기획을 잡았다는 건, 투자귀신이 그만큼 네임드가 있다는 뜻이잖냐. 앞으로 투자귀신을 잘 굴리면 제법 괜찮은 사모펀드가 하나 나올 것 같기도 해.

"이제부터는 펀드투자의 방향성에 대해서 생각해 볼 때네요?"

―뭐, 그런 셈이지?

한결은 차상식의 조언대로 일단 동백 숲의 제안을 받아들이기로 했다.

[나 : 좋습니다. 하겠다고 전해 주세요]

[AIB 제임스 스와든 : 알겠습니다. 아참, 그리고 저번에 말씀드렸던 선물 말입니다. 두 개인데, 소소하지만 마음에 드셨으면 좋겠습니다]

[나 : 두 개요?]

[AIB 제임스 스와든 : 하나는 창고로 보냈고 하나는 지금 바로 첨부하겠습니다]

딩동!

제임스 스와든은 한결에게 'HMN 투자금 운용 기획 –

PART 191' 이라는 파일을 보내 주었다.
 '…어?!'
 -HMN!
 '파트 191이라니, 뭔가 대단한 것일까요?!'
 -흠… HMN이 투자 파트를 나눠서 기획하긴 하는데 말이야.
 '한번 열어 볼까요?'
 -그래!
 이 안에 도대체 무슨 내용이 들어 있는지는 눈으로 직접 확인하면 될 일이다.

 [HMN 투자기획 보고서 191번]
 […블루마린 그룹의 요청에 따라 IX인터 산하 IX로직스의 의왕ICD 입점자격을 박탈한다]
 [기획 1. IX인터의 채무상황 조정을 통해 자회사 매각으로 유도한다]
 [기획 2. 기획 1이 실패할 경우, 대표이사를 경질한다]

 '어?! 이거 뭐야?!'
 -…….
 '아저씨가 그랬었잖아요. 누군가 의왕ICD 지분을 먹으려고 일부러 IX인터를 때려 부수고 있는 것 같다고!'

―제임스 스와든한테 물어봐. 이거 어디서 났냐고.

차상식의 예상이 맞았다는 것보다는 그 예상을 뒷받침하는 메가톤급 증거가 불쑥 튀어나왔다는 점이 놀라울 따름이었다.

[나 : 이 정보, 어디서 난 겁니까?]

[AIB 제임스 스와든 : HMN은 저희 AIB에게 M&A 자금을 여신했습니다. 그래서 기획회의 때마다 AIB에게 자금운용에 대한 보고서를 제출해야 합니다. 이 보고서는 그 과정을 통해 입수한 것입니다]

[나 : 대단한 정보인데, 이걸 왜 저에게 주셨습니까?]

[AIB 제임스 스와든 : 만약 동백 숲과 손잡는다면 IX인터가 멀쩡히 살아 있는 것이 이득이 아닐까 싶어서 말입니다.]

―생각보다 더 짜임새가 있는 친구네?

'엄청난 정보네요?'

차상식은 고개를 끄덕였다.

―…HMN이 생각보다 더 많이 썩은 것 같아.

'음!'

―일단 IX인터부터 살려야겠다. 그래야 우리가 HMN을 추격하든, 뭘 하든 할 테니까!

어쩐지 대단한 소용돌이가 몰아칠 것 같은 느낌이 들었다.

§ § §

공 상무를 만나러 가기 전, 한결은 아무도 없는 부장 전용 휴게실에 잠시 누워서 휴식을 취했다.
"이야… 부장이 되니까 이런 건 또 좋네요."
-이래서 다들 권력을 쥐려는 거 아니냐? 남들과는 다른 특별한 대우 말이야.
"뭐, 그런데 이것 말고 다른 좋은 건 없어요? 어째 중압감이 느껴지는 게……."
-크크크! 너는 감투랑은 안 어울리는 인간인가 보다.
"아, 그런가?"
한참 편하게 쉬고 있는데 스마트폰이 울렸다.
지이잉!
누군가 했더니 김유철이었다.

[김유철 : 인도 루피아 선물환 주문이 들어왔대!]

"알바가 또 들어왔네?"
-저번에 얼마나 벌었냐? 한 5억?

"아니요, 6억 조금 넘어요."

-이야, 알바로 6억이나 땡기고! 이러니 여자들이 뻑이 가지!

"…아, 진짜!"

-큭큭큭!

하루라도 한결을 놀리지 않으면 입안에 가시가 돋는다는 듯, 차상식은 오늘도 제자를 놀리는 맛에 푹 빠져 있다.

그러거나 말거나 한결은 김유철에게 전화를 걸었다.

"나야, 선물환 주문이 들어왔다고?"

-응! 지금 자료 보내 줄까?

"그래, 보내 줘."

-아참, 그리고 본부장님이 대장한테 줄 게 있다고 하시더라고?

"줄 거? 그게 뭔데?"

-아, 보자……. 제목이 IX인터 수사일정이라는 PDF 파일인데?

"수사일정?"

-그리고…… IX홀딩스 채권 및 자산운용관리 장부라는 제목의 XL파일도 있네?

"그걸 나에게 주라고 했다고?"

-어제 나한테 넘어왔어. 내가 읽어 보고 간추려서 넘겨 줄까?

"음, 아니야, 내가 할게."

-오케이! 그럼 지금 넘길게~

전화를 끊은 한결은 너무나도 뜻밖의 얘기에 고개를 갸웃거릴 수박에는 없었다.

로커슨 본부장은 도대체 왜 이런 자료를 한결에게 넘긴 것일까?

"아저씨, 로커슨 본부장이 왜 저럴까요?"

-어젯밤에 뭘 잘못 먹었나? 체한 거 아니야?

"…체했다고 저런 짓을 해요?"

-크크!

"아! 장난하지 말고요!"

-원하는 게 있는 거지.

"아니면 내 배후의 아저씨에 대해 뭔가 느낀 게 있었나?"

-에이, 인마! 그건 너무 갔지!

"…그런가?"

-아무튼 간에 자료부터 좀 읽어 보자.

한결은 차상식의 말처럼 태블릿PC로 로커슨의 파일을 다운로드했다.

그리고 PDF파일을 열어 본 한결은 그만 깜짝 놀라고 말았다.

"엥?! 공정위에서 IX홀딩스를 친다고요?"

―타이밍 보소.

자료에 의하면 공정위는 서울중앙지검과 함께 IX홀딩스를 조사하겠다는 은밀한 프로젝트를 준비 중이었다.

만약 이대로 IX홀딩스와 공정위가 정면충돌한다면 IX홀딩스는 물론이고 계열사들까지 박살이 나 버릴 것이었다.

보통의 자료가 아니었다.

―XL파일도 한번 보자!

"다음 자료!"

한결은 XL파일을 열었다.

질서정연하게 정리된 셀 표에는 IX인터의 채권세탁 정황이 일목요연하게 나와 있었다.

다름 아닌 전임 재무이사 최강일에 의해 매각된 채권들이었다.

"이걸 어디서 구한 거지?"

―HBSC는 IX인터의 주거래 은행 중 한 곳이야. 글로벌뱅크니까 안심하고 채권을 세탁했겠지만, 그게 암암리에 뒷구멍으로 빠져나올 줄은 아마 몰랐겠지?

"아니, 그럼 로커슨은 고객의 개인정보를 빼돌린 셈이 되는 건가요?!"

―때에 따라선 그렇게 해석될 수도 있겠지만, 이게 만약 범죄수사에 활용되는 증거자료라면 얘기가 달라지지 않겠냐?

"아!"

―마침 우리 손에 기가 막힌 카드가 들어왔네?!

"죽이네, 이거!"

―가만, 이걸로 잘하면 HMN이 IX인터 대표이사를 경질시키려는 계획을 저지할 수도 있겠어!

"어! 진짜요?!"

―지금 이사회 진행 중이지? 아마 이 보고서가 올라가면 회사가 뒤집히든 이사회가 뒤집히든 할 거다!

차상식은 공유찬과 그의 정적이 가진 갈등국면을 극대화시켜 떡밥을 뿌리기로 마음먹었다.

§ § §

IX홀딩스의 정기이사회가 열렸다.

본 회의의 안건은 IX인터내셔널의 대표이사 해임에 대한 것이었다.

"오늘의 주요 안건은 아래와 같습니다. 한 분씩 발언해 주시기 바랍니다."

먼저 손을 든 사람은 자산운용실장 공유찬 상무였다.

"한마디 해도 되겠습니까?"

"네, 말씀하십시오."

발언권을 얻은 공유찬은 자리에서 일어났다.

그는 IX인터의 대표이사 해임을 반대한다는 의견을 피력하기 시작했다.

"IX인터의 대들보이며 지금까지 무수히 많은 위기에서 IX인터를 지켜 낸 중역입니다. 그런 인물을 쳐내려는 의도 자체가 상당히 불순하다고 생각되며, 그를 해임할 경우에 생길 IX인터의 반발도 적지 않다고 생각됩니다."

"이의 있습니다!"

공유찬의 말을 끊으며 손을 번쩍 든 사람은 바로 전략기획실장 석동춘 상무였다.

"IX인터의 손실 상승률만 봐도 대표이사의 무능함을 엿볼 수 있습니다. 게다가 해외지사의 지나치게 높은 부채비율까지 생각한다면, 지금 당장 사령탑을 교체하는 것이 능사가 아닌가 싶습니다만?"

"그것은 염상천 대표의 잘못으로 비롯된 일이 아니잖습니까!"

석동춘은 피식 코웃음을 쳤다.

"나 참, 회사가 위기에 빠진 것이 대표이사의 잘못이 아니라니, 그럼 누구의 잘못이란 말입니까?"

"…IX인터에는 각종 횡령범죄가 너무 많았습니다. 그런 회사가 잘 돌아간다는 것 자체가 어불성설 아닙니까."

"그 횡령범죄를 막는 것도 대표이사의 책무 아닙니까?"

확실히 염상천 개인의 잘못은 없었다. 하나 대표이사는

회사를 책임지는 자리이다. 회사에 어떤 일이 생기든 간에 대표이사는 그 책임을 피해 갈 수 없다.

"가령 오케스트라의 첼리스트 때문에 불협화음이 생겨 티켓의 환불요청이 쇄도한다고 칩시다. 만약 그렇다면 그 불협화음을 일으킨 장본인인 첼리스트가 모든 문제를 책임져야 할까요? 아니면 첼리스트에게 제대로 오더를 내리지 못한 조율자 마에스트로가 책임을 져야 할까요?"

"……."

"대표이사는 그런 자리 아닙니까? 이봐요, 공유찬 상무. 아무리 염 대표가 당신 사수였다곤 해도 너무 감싸고도는 것은 보기에 좋지 않습니다."

"…여기서 과거사 얘기가 왜 나옵니까?"

"아무리 봐도 이건 허물을 덮어 주기 위해 수를 쓴다고밖엔 생각되지 않는데요? 저번 투자조정 회의 때에도 그래요. 어딜, 순혈도 아니고 어중이떠중이 팀장 하나를 연결팀에 앉혀 놓고 억지 스포트라이트를 쏴 주질 않나. 도대체 왜 그렇게까지 염 대표에게 집착하는 겁니까?"

공유찬은 석동춘의 눈을 똑바로 노려보며 답했다.

"집착 아닙니다. 당신이 HMN과 작당하고 회사를 말아먹는 걸 두고 볼 수 없어서 나서는 것일 뿐."

"하! 말은 바로 합시다! HMN과 내가 작당을? 나 참, 어이가 없네요. HMN의 원조를 받은 쪽은 IX인터이지 우리가 아닙니다. 우리가 언제 사모펀드더러 돈 꿔 달라고 사정한 적 있습니까? IX인터가 나서서 모회사 제치고 사모펀드를 끌어들인 걸 벌써 잊었어요?"

"……."

"이봐요, 공 상무! 실드를 치려면 제대로 치든지, 아니면 그냥 가만히라도 있든지. 왜 자꾸 이사회 물을 흐리려고 하는 겁니까? 그렇게 하면 기분이 좋아져요?"

공유찬은 자신이 속절없이 밀리고 있음을 인정할 수밖에 없었다.

'이대로 리타이어 되는 건가…….'

§ § §

공유찬은 반론할 방법이 없었다.

HMN에게 여신자금을 조달해서 회사를 살린 것은 IX인터의 전략이었기 때문이다.

"당신 싸수님에게 전하십시오. 이제라도 사모펀드를 마음대로 끌어들인 벌을 달게 받으라고요."

"……."

"자, 그럼 추가 발언하실 사람들 있으면 하십시오!"

분위기가 이상하게 굳어져 버렸다.

지금이라도 손을 들면 IX인터와 엮여 커리어에 엄청난

타격을 입을 것 같다는 느낌이 든 것이다.

"그럼 표결부터 합시다! IX인터의 대표이사 해임에 관한……."

"한마디 하지."

입을 연 사람은 IX홀딩스의 부회장 방영호였다.

분위기는 또 한 번 반전되었다.

"아직까지 IX인터의 손실금에 대한 실질적 조사도 단행되지 않았고 HMN의 증자압력 또한 만만치 않은 상황인데 섣불리 대표이사를 해임한다는 것이 올바른 일이겠는가?"

"…하지만 부회장님, 지금이라도 IX인터를 쳐내지 않는다면 공정위와 금감원의 조사를 받게 될 수도 있습니다. 아시잖습니까? 최근 기재부의 행동반경이 얼마나 넓어졌는지 말입니다."

"이 자리에 그걸 모르는 사람도 있나? 하지만 기재부의 눈치만 보다가 자회사를 잃고 업계에서 명망마저 잃을 수는 없는 일이지."

IX홀딩스의 최고참이자 IL그룹의 방계혈족인 방영호의 한 마디는 상당히 묵직했다.

결국 회의의 안건은 다음으로 미뤄졌다.

"IX인터의 대표이사 해임에 관한 건은 다음으로 미루는 게 어떤가?"

"…………그렇게 하시지요."

"좋네. 다음 정기이사회에서 다시 얘기하도록 하세."

그나마 해임안건을 부결시킨 것이 아니라 연기시켰다는 것에서 석동춘의 체면은 살려 줬다는 인상이 남았다.

해임이 아닌 연기라는 말에 석동춘도 그럭저럭 덤덤하게 받아들이는 모습을 보였다.

"그럼 부회장님, 먼저 물러가겠습니다."

"그러시게."

결국 이사회는 부회장의 등장으로 간신히 마무리되었다.

§ § §

GL전자와 맺은 계약은 삼선전자와의 추가 계약으로 엄청난 시너지를 만들어 내고 있었다.

한결은 그 과정을 담은 보고서를 가지고 공 상무를 찾아갔다.

"GL전자와의 계약은 무사히 이행되었습니다. 이제 인도와 방글라데시 간의 무역도 안정적입니다."

"다행이로군. **빡빡한** 일정을 무사히 소화해 내다니 말이야."

어쩐지 좀 초췌해 보이는 공유찬은 애써 웃는 얼굴로 보고서 및 결재서류에 도장을 찍었다.

-오늘 오전에 이사회가 열렸었다고 했던가?

'그랬었죠. 그래서 그런지 공 상무 얼굴이 아주 반쪽이 되어 버렸네요.'

-공유찬이 염 대표를 살리기 위해서 굉장히 공을 들이고 있는 모양이야. 둘 사이에 무슨 관계라도 있는 건가?

'IX인터 시절 사수, 부사수 관계였다는 것 같아요. 그래서 이사회에서 공유찬이 무슨 말만 꺼내면 인맥 정치네 뭐네 하면서 면박을 준다고 하더라고요.'

-그래?

공유찬은 한결에게 서류를 돌려주며 물었다.

"듣자 하니 IX인터에서 동화해운을 인수한다지?"

"네, 그렇습니다."

"그 계약 건도 자네한테 맡길 테니까 한번 열심히 해 봐."

"감사합니다!"

"그래, 그럼 나가 봐."

피곤한 듯, 공유찬은 의자에 눕듯이 푹 기대어 앉았다.

-어쩌면 지금이 딱 좋은 시기인지도 모르겠군.

'아! 딱 맞긴 하네요!'

한결은 이틀 동안 품속에 잘 간직하고 있던 PDF와 XL파일을 공유찬에게 넘기기로 했다.

한결은 가방에 보고용 터치스크린 노트북을 넣어 두곤 개인용 태블릿PC를 꺼내어 공 상무 앞에 꺼내 놓았다.

"한번 보시겠습니까?"

"…뭐야? 갑자기."

"제가 상무님께 가르침을 구할 일이 좀 있어서 말입니다."

"아참, 공가스쿨이 있었지? 으음…… 오늘은 좀 피곤한데?"

"부탁드립니다!"

한결은 어지간해선 무리한 부탁을 하는 성격이 아닌지라, 공 상무는 무슨 일이 있나 싶어 태블릿PC를 받았다.

"별거 아니면 알지?"

"넵!"

"그래, 어디 한번 볼까?"

공 상무는 피곤한 눈을 비비며 태블릿PC의 화면을 살폈다.

순간, 그의 눈이 휘둥그레졌다.

"…공정위 수사?!"

"지금 공정위에서 IX홀딩스를 족치겠다고 검찰까지 동원하려는 모양입니다."

"젠장, 검찰을 대동하는 줄은 몰랐는데!"

아마도 공 상무 역시 공정위의 소식까진 알고 있었지만, 서울중앙지검이 칼을 휘두르며 달려들 줄은 꿈에도 모르고 있었던 것이다.

"자네, 이 자료는 어디서 났나?!"

"출처는 추후에 말씀드려도 되겠습니까? 은행권에서 나온 민감한 자료라서 말입니다."

"음...... 그렇겠군."

공 상무는 빠르게 흥분을 가라앉혔다.

"...좋아, 그건 함구하도록 하지."

"감사합니다!"

"그나저나 이걸 내게 가져왔다는 건 뭔가 원하는 것이 있다는 뜻이겠지?"

기브 앤 테이크(give&take)가 확실한 공 상무는 한결이 분명 자신에게 원하는 특별한 게 있다고 생각했고, 그 생각은 정확했다.

"IX인터의 염 대표님이 복직되고 IX홀딩스에서 HMN이 튕겨져 나간 뒤의 사후처리에 저도 포함시켜 주셨으면 합니다."

"사후처리라면...... 재무조사에 참여시켜 달라는 건가?"

"그렇습니다."

"흠......"

"만약 그렇게 된다면 제가 이번 사건을 확실하게 정리할 수 있는 카드를 한 장 더 드리겠습니다."

"카드라니?"

한결은 회심의 미소를 지었다.

"한번 보시겠습니까?"

오늘 오전에 따끈따끈한 정보를 받은 공 상무는 눈알이 튀어나올 것처럼 크게 떴다.

"어떠십니까?"

"…자네, 오늘 시간 괜찮지? 부회장님 뵈러 가자고!"

§ § §

늦은 밤, 한결은 IX홀딩스의 부회장 방영호를 따라 강남의 요정으로 향했다.

쿵덕!

한복을 입은 곱디고운 여성들이 상다리가 부러지게 대접하는 요정에 앉으니 마치 조선시대에 와 있는 느낌이다.

"풍류 좀 즐길 줄 아나?"

"처음입니다!"

"생긴 건 영웅호걸처럼 생겼는데, 풍류를 몰라?"

"외람된 말씀입니다만, 제가 아직 나이가 어려서 말입니다! 아직 경험해 보지 못한 것이 많습니다!"

"하하! 뭐, 그건 그래. 부장으로 승진했지만, 나이를 생각하면 아직 경험이 부족한 것이 당연한 걸지도 모르겠군."

방영호는 흔히 실패한 재벌 3세라는 수식어가 따라붙는

인물로 유명했다.

IL그룹에서 분사한 다른 형제들과는 달리 그룹 방계회사들을 유령처럼 떠돌면서 살아가기에 'IL의 풍운아'로도 불린다.

방영호는 한결에게 술을 한 잔 따라 주었다.

쪼르르.

"자네에게 궁금한 점이 많아. 오늘 오후에 올라온 보고서를 보니 참으로 흥미로운 행보를 보여 왔더구먼."

"좋게 봐 주셨다니, 영광입니다!"

"다만, 한 가지 부족한 점이 있다면 연륜, 관록 아닐까 싶더라고."

"아!"

차상식이 지적하는 것과 똑같은 말을 하는 방영호다.

-저 양반이 안 그래 보여도 수완가에 관록이 대단하지. IL그룹을 진정으로 생각하는 몇 안 되는 종친이기도 하고.

'수완이 좋아요?'

-뭐, 지금 다 얘기해 주긴 너무 길어서 그렇고. 그냥 수완가라는 것 정도만 알아 둬.

한결은 잔에 채워진 감홍로를 단번에 비웠다.

-츄릅!

'아참! 아저씨도 한 잔 줘요?'

차상식은 피식 웃으며 고개를 가로저었다.

-술자리 끝나고 우리끼리 한잔하지, 뭐!

'음, 알겠어요.'

한결이 잔을 비우자 이번에는 방영호가 한결에게 술 주전자를 건넸다.

"젊은 피가 따르는 술이나 한잔 받아 볼까?"

"영광입니다!"

한결은 아주 깍듯하게 술을 따랐다. 문헌이라든지 어른들에게서 배운 그대로 예법을 갖추려고 노력했다.

"자세가 좋군. 마치 도포 자락을 말아서 올린 형태로 어른께 술을 따르는 것, 그게 선비로서의 예의라는 걸 알다니, 마음에 들어."

"감사합니다!"

비단 이 사람이 회사의 요직인사라서가 아니라 한결은 이렇게 나이가 지긋한 사람과 술을 마셔 본 경험이 없었다. 그래서 동원할 수 있는 모든 지식을 총동원한 것인데, 의외로 방영호에게 호감을 얻은 것이었다.

"자네는 스승이 누구이신가?"

"투자업계에 계셨던 풍운아입니다. 학자는 아니고 그냥 투자자였습니다."

"그래? 누군지는 몰라도 대단하군. 연륜 없이 이 정도 수완을 발휘하는 사람은 내가 지금까지 살면서 한 번도 보지를 못했거든."

"과찬이십니다."

"아니야, 정말이야. 자네 같은 사람이 왜 굳이 IX홀딩스에 들어와 있는지 궁금할 정도라네."

-극찬인데? 네가 정말 마음에 들었나 봐?

방영호는 차상식이 인정하는 몇 안 되는 기업인 중 한 명이었다.

그의 인정을 받았다는 것은 실로 드문 일이 아닐 수 없다.

"듣기론 공 상무 밑에서 알음알음 수학하고 있다고?"

"그렇습니다."

"앞으로도 그렇게 꾸준히 배우면서 지내게. 그러다 보면 좋은 일이 있을 거야."

"감사합니다."

칭찬을 받는 건 좋았지만, 대화가 너무 평이하게 흘러가서 한결은 뭔가 좀 의아함을 느꼈다.

효율을 중요하게 여기는 사람들이 왜 굳이 이런 술자리를 갖는 것일까?

하지만 그 의문은 얼마 지나지 않아 풀렸다.

똑똑!

굳게 닫혀 있던 방문 밖에 인기척이 느껴졌다.

"들어오게."

방영호가 출입을 허락하자 다름 아닌 석동춘 상무가 꾸

벅 고개를 숙이고 서 있었다.

순간, 한결은 이게 도대체 무슨 일인가 싶었다.

'엉? 저 사람은 또 뭐지?'

-큭큭, 어쩐지 졸라 흥미진진한 일이 벌어질 것 같지 않냐?!

'기왕이면 참교육이었으면 좋겠는데…….'

-참교육? 큭큭! 아마 매타작이 될 것 같은데?

과연 차상식의 예언은 이번에도 적중할 것인가?

석동춘은 부동자세를 취한 채로 말했다.

"부회장님! 부르셨습니까?"

"왔나? 거기 잠깐 서 있게."

"…예?"

자리에서 일어선 방영호는 손목에 차고 있던 금장시계를 풀어서 한결에게 휙 던져주었다.

"받아, 선물이야."

"어?"

-R렉스 스페셜 에디션 한정판! 저거 12억짜리 시계잖아!

순간, 한결은 눈을 동그랗게 떴고, 차상식은 신기하다는 듯이 시계를 이리저리 둘러보았다.

'뭐지? 왜 이런 걸 주는 걸까요?'

-글쎄, 저 양반이 워낙 돌발행동을 자주 하는 타입이라

서 말이지.

일단 시계는 차지 않고 두 손으로 잘 모시고 있기로 했다.

한편, 자리에서 일어선 방영호는 석동춘에게 다가갔다.

"석 상무, 우리가 얼굴 본 지가 몇 년 되었지?"

"IX홀딩스에서만 5년쯤 되었습니다."

"아, 그래?"

순간, 방영호의 인영이 빠르게 움직였다.

퍼억!

놀랍게도 방영호가 석동춘의 안면에 잽을 날렸다.

그야말로 그 어떤 누구도 상상도 하지 못한 돌발적인 폭행이었다.

"커헉!"

"내가 젊어서 복싱을 좀 배웠다고 말했던가?"

"부, 부회장님?!"

"내가 복싱에서 배운 오의가 뭐냐면, 상대를 현혹하는 펀치는 한 라운드에 한 번 사용하면 많이 쓰는 것이라는 점이었지. 자꾸 상대를 현혹하기만 하면 진짜 펀치를 칠 시간도 없고, 상대가 속지도 않거든."

"쿨럭! 쿨럭!"

고통에 허우적거리는 석동춘에게 방영호가 다가섰다.

그리곤 피 흘리는 그의 얼굴에 대고 물었다.

"자네는 우리 IL그룹을 졸로 봤어. 그렇지 않나?"
"무, 무슨 말씀을 하시는 건지……."
"블루마린 그룹과 손잡고 우리 회사 엿 먹이는 것까진 내가 많이 양보해서 참았다 쳐. 하지만 IL그룹의 얼굴에 먹칠을 할 의왕ICD 자리 쟁탈은 선 넘었다는 생각 안 드나?"

순간 석동춘의 표정이 딱딱하게 굳어 버렸다.

"아, 아… 아니, 그, 그그, 그게…."
"어디 한번 보자고. 언제까지 우리 그룹을 졸로 보게 될지!"

공유찬은 웃었고, 석동춘은 울었다.

-이게 바로 사필귀정이라는 거지!

'그나저나 저 석동춘은 이제 어떻게 되는 거예요?'

-글쎄, 잘못하면 뒈질 수도 있고.

'헐.'

-모든 건 저 할배한테 달렸다고나 할까?

『투자의 귀신』 4권에서 계속